UNA SERIE DE
# CATASTRÓFICAS DESDICHAS

UNA SERIE DE
## CATASTRÓFICAS DESDICHAS

# EL ASERRADERO LÚGUBRE

CUARTO LIBRO DE LEMONY SNICKET

ILUSTRACIONES DE
**BRETT HELQUIST**

TRADUCCIÓN DE
**NÉSTOR BUSQUETS**

montena

❋

Título original: *The Miserable Mill*
Diseño de la cubierta: Departamento de diseño
de Random House Mondadori
Directora de arte: Marta Borrell
Diseñadora: Judith Sendra

Publicado por Editorial Lumen, S. A.,
Travessera de Gràcia, 47-49. 08021 Barcelona

Reservados los derechos de edición en lengua
castellana para todo el mundo.

© Lemony Snicket, 2000
© de las ilustraciones: Brett Helquist, 2000
© de la traducción: Néstor Busquets, 2001

Primera edición en U.S.A.: agosto, 2004

ISBN: 0-307-20938-5
Printed in Spain

Distributed by Random House, Inc.

❋

*Para Beatrice.*
*Mi amor voló como una mariposa*
*hasta que la muerte se abatió sobre él como un murciélago.*
*Como la poetisa Emma Montana McElroy dijo:*
*«Esto es el fin de aquello.»*

En algún momento de vuestras vidas –de hecho, muy pronto– os encontraréis leyendo un libro y os daréis cuenta de que la primera frase del libro a menudo puede deciros qué clase de historia contiene. Por ejemplo, un libro que empezase con la frase: «Érase una vez una familia de astutas ardillitas que vivían en un árbol hueco» probablemente contendría una historia repleta de animales que hablan y hacen muchas travesuras. Un libro que empezase con la frase: «Emily se sentó y miró el montón de pasteles de arándanos que su madre le había preparado, pero estaba demasiado nerviosa por el Campamento del Monte como para probar bocado» probablemente contendría una historia llena de niñas de risa fácil que se lo pasan en grande. Y un libro que empezase con la frase: «Gary olió la piel de su nuevo guante de béisbol y esperó impaciente que Larry, su mejor amigo, apareciese por la esquina» probablemente contendría una historia llena de niños sudorosos que ganan alguna clase de trofeo. Y si os gustasen las travesuras, pasarlo en grande o los trofeos, sabríais qué libro leer y podríais tirar los otros.

Pero este libro empieza con la frase: «Los huérfanos Baudelaire miraron a través de la mugrienta ventanilla del tren y contemplaron la tenebrosa oscuridad del bosque Finito, mientras se preguntaban si algún día sus vidas irían un poco mejor», y vosotros deberíais ser capaces de adivinar que la historia que viene a continuación es muy diferente de las historias de Gary, Emily o la familia de astutas ardillitas. Y por la sencilla razón de que las vidas de Violet, Klaus y Sunny Baudelaire son muy diferentes de las de la mayoría de la gente, y la mayor diferencia es la cantidad de infelicidad, horror y desesperación que contienen. Los tres niños no tienen tiempo para hacer travesuras, porque la desdicha les sigue allí donde van. No lo han pasado en grande desde que sus padres murieron en un terrible incendio. Y el único trofeo que ganarían sería del estilo Primer Premio a la Desgracia. Es atrozmente injusto, claro, que los Baudelaire tengan tantos problemas, pero así se desarrolla la historia. Así pues, ahora que os he dicho que la primera frase va a ser: «Los huérfanos Baudelaire miraron a través de la mugrienta ventanilla del tren y contemplaron la tenebrosa oscuridad del bosque Finito, mientras se preguntaban si algún día sus vidas irían un poco mejor», si queréis evitaros una historia desagradable será mejor que dejéis este libro.

Los huérfanos Baudelaire miraron a través de la mugrienta ventanilla del tren y contemplaron la tenebrosa oscuridad del bosque Finito, mientras se preguntaban si algún día sus vidas irían un poco mejor. Acababan de anunciar por un altavoz que en pocos minutos llegarían al pueblo de Miserville, donde vivía su nuevo tutor, y no pudieron evitar preguntarse quién en el mundo querría vivir en un lugar tan oscuro y misterioso. Violet, que tenía catorce años y era la mayor de los Baudelaire, observaba los árboles del bosque, que eran muy altos y casi no tenían ramas, de manera que parecían más tubos metálicos que árboles. Violet era inventora y siempre estaba diseñando máquinas y mecanismos en su cabeza, con el pelo recogido con un lazo para facilitarle pensar, y, al mirar los árboles, empezó a trabajar en un mecanismo que le permitiese subir a lo alto de cualquier árbol, incluso de los que carecían de ramas. Klaus, que tenía doce años, bajó la mirada y observó el suelo del bosque, que a trozos estaba cubierto por musgo marrón. A Klaus lo que más le gustaba era leer, e intentó recordar lo que había leído sobre los musgos de Miserville y si alguno de ellos era comestible. Y Sunny, que era sólo un bebé, miró el cielo grisáceo cubierto de humo que colgaba encima del bosque

como un suéter mojado. Sunny tenía cuatro dientes afilados, lo que más le interesaba era morder
cosas con ellos y estaba deseosa de ver qué se podía morder en aquella zona. Pero incluso mientras Violet empezaba a planear su invento, Klaus
pensaba en sus conocimientos sobre el musgo y
Sunny abría y cerraba la boca como un ejercicio
previo a morder, el bosque Finito tenía un aspecto tan poco inspirador que no pudieron evitar
preguntarse si su nuevo hogar sería realmente
agradable.

—¡Qué bosque tan precioso! —señaló el señor
Poe y tosió en su pañuelo blanco.

El señor Poe era un banquero que tenía a su
cargo los asuntos de los Baudelaire desde el incendio y debo deciros que no hacía demasiado
bien su trabajo. Sus dos tareas principales eran
encontrar un buen hogar para los huérfanos y
proteger la enorme fortuna que habían dejado los
padres de los niños, y hasta el momento cada hogar había sido una catástrofe, una palabra que
aquí significa «un completo desastre que incluía

tragedia, decepción y al Conde Olaf». El Conde Olaf era un hombre terrible, que ambicionaba la fortuna de los Baudelaire e intentaba cualquier plan que se le ocurría para robarla. Una vez tras otra había estado muy cerca de lograrlo y una vez tras otra los huérfanos Baudelaire habían descubierto su plan y una vez tras otra él había escapado. Y todo lo que el señor Poe había hecho era toser. Ahora el señor Poe acompañaba a los niños a Miserville, y me duele deciros que una vez más el Conde Olaf iba a aparecer con un asqueroso plan y que el señor Poe iba a fracasar una vez más sin hacer nada que sirviese realmente de ayuda.

—¡Qué bosque tan precioso! —volvió a decir el señor Poe cuando acabó de toser—. Creo que aquí encontraréis un buen hogar. Y así lo espero, en todo caso, porque acabo de recibir un ascenso de la Dirección de Dinero Multuario. Ahora soy vicepresidente de la Cuenta de Monedas y a partir de ahora voy a estar más ocupado que nunca. Si algo sale mal aquí, tendré que enviaros a un internado hasta que tenga tiempo para encontraros otro hogar. Así que, por favor, portaos lo mejor que sepáis.

—Claro que sí, señor Poe —dijo Violet, sin añadir que ella y sus hermanos siempre se habían portado lo mejor que sabían, pero que eso no les había hecho ningún bien.

—¿Cómo se llama nuestro nuevo tutor? —preguntó Klaus—. No nos lo ha dicho.

El señor Poe sacó un trocito de papel de su bolsillo y le echó un vistazo.

—Se llama señor Wuz, señor Qui. No puedo pronunciarlo. Es muy largo y complicado.

—¿Puedo verlo? —preguntó Klaus—. Quizás yo pueda saber cómo pronunciarlo.

—No, no —dijo el señor Poe, guardando el papel—. Si es demasiado complicado para un adulto, lo es todavía más para un niño.

—¡Ghand! —gritó Sunny.

Como muchos bebés, Sunny hablaba casi siempre emitiendo sonidos difíciles de traducir. Esta vez probablemente quería decir algo como: «¡Pero Klaus lee muchos libros complicados!».

—Él os dirá cómo tenéis que llamarle —prosiguió el señor Poe, como si Sunny no hubiese dicho nada—. Le encontraréis en la oficina principal del Aserradero de la Suerte, que me han dicho está a cuatro pasos de la estación de tren.

—¿No va a venir usted con nosotros? —preguntó Violet.

—No —dijo el señor Poe, y volvió a toser en su pañuelo—. El tren sólo para una vez al día en Miserville, y, si bajo del tren, me tendré que quedar a pasar la noche y perderé otro día en el banco. Os dejo aquí y regreso directamente a la ciudad.

Los huérfanos Baudelaire miraron con preocupación por la ventanilla. No estaban muy contentos de que les dejasen en un lugar extraño, como si de una pizza a domicilio se tratase y no de tres niños solos en el mundo.

—¿Y si aparece el Conde Olaf? —preguntó Klaus en voz baja—. Juró que volvería a encontrarnos.

—Le he dado al señor Bek, al señor Duy, le he dado a vuestro nuevo tutor una descripción completa del Conde Olaf –dijo el señor Poe–. Así que si, echándole mucha imaginación, llegara a presentarse en Miserville, el señor Sho, el señor Gek, lo notificará a las autoridades.

–Pero el Conde Olaf va siempre disfrazado –señaló Violet–. A menudo es difícil reconocerle. La única forma de poder decir con total seguridad que es él es el tatuaje de un ojo que lleva en el tobillo.

–He incluido el tatuaje en mi descripción –dijo el señor Poe impaciente.

–Pero ¿y qué hay de los ayudantes del Conde Olaf? –preguntó Klaus–. Como mínimo siempre lleva a uno consigo para que le ayude en su plan.

–Le he dado una descripción de todos ellos al señor... se los he descrito todos al propietario de la fábrica –dijo el señor Poe, mientras contaba con los dedos los ayudantes del Conde Olaf–. El hombre del garfio. El calvo con la nariz larga. Dos mujeres con los rostros llenos de polvos blancos. Y el gordo que no parece ni un hombre ni una mujer. Vuestro nuevo tutor ya está informado sobre todos ellos y, si surge algún problema, recordad que siempre podéis contactar conmigo o con cualquiera de mis compañeros en la Dirección de Dinero Multuario.

—Casca —dijo Sunny con tristeza.

Probablemente quería decir algo como: «Eso no es demasiado reconfortante», pero nadie la oyó, porque su voz se vio ahogada por el silbido del tren al llegar a la estación de Miserville.

—Hemos llegado —dijo el señor Poe.

Y antes de que los niños pudiesen darse cuenta, estaban de pie en la estación, viendo alejarse el tren entre los oscuros árboles del bosque Finito. El traqueteo del tren se hizo más y más bajo, a medida que éste se alejaba, y pronto los tres hermanos se encontraron solos.

—Bueno —dijo Violet, cogiendo la maleta pequeña que contenía las pocas ropas de los niños—. Busquemos el Aserradero de la Suerte. Así podremos conocer a nuestro nuevo tutor.

—O como mínimo saber su nombre —dijo Klaus con tristeza, y cogió la mano de Sunny.

Si estáis planeando unas vacaciones, puede se-
ros de utilidad adquirir una guía, que es un libro
en el que se detallan lugares interesantes y her-
mosos que visitar y consejos útiles sobre qué hacer una vez allí. Miserville no figura en ninguna
guía, y los huérfanos Baudelaire lo comprendieron al instante al recorrer la única calle de Miserville. Había unas pocas tienduchas a ambos lados
de la calle, pero ninguna tenía escaparate. Había
una oficina de correos, pero, en lugar de una
bandera en el mástil, sólo un viejo zapato colgaba de él, y frente a la oficina de correos había una
pared alta de madera que llegaba hasta el final de
la calle. En medio de la pared había una puerta
alta, también de madera, con las palabras «Aserradero de la Suerte» escritas en letras de aspecto
tosco y pringoso. Junto a la acera, donde debería
haber habido una avenida de árboles, había
montones de periódicos apilados. O sea, todas
las cosas que pueden hacer un pueblo interesante
o agradable eran allí aburridas o desagradables y,
si Miserville hubiese figurado en alguna guía, el

único consejo útil sobre qué hacer allí habría sido: «Vete». Pero los tres jóvenes no podían irse, claro está, y Violet dio un suspiro y llevó a sus hermanos menores hasta la puerta de madera. Estaba a punto de llamar, cuando Klaus le tocó el hombro y le dijo:

—Mira.

—Lo sé —dijo ella.

Violet creía que Klaus hablaba de las letras del «Aserradero de la Suerte». Ahora que estaban de pie delante de la puerta, los niños podían ver por qué las letras parecían toscas y pringosas: estaban hechas de bolitas y bolitas de chicle enganchadas a la puerta formando letras. Aparte del indicador que vi una vez donde ponía «Cuidado» con letras hechas de monos muertos, el letrero del «Aserradero de la Suerte» era el más asqueroso del mundo, y Violet pensó que aquello era lo que le estaba señalando su hermano. Pero, cuando se dio la vuelta para decirle que tenía razón, vio que él no estaba mirando el letrero sino el extremo de la calle.

—Mira —volvió a decir Klaus.

Pero Violet ya había visto lo que él miraba. Los dos se quedaron allí parados sin pronunciar palabra, mirando fijamente el edificio que había al final de la única calle de Miserville. Sunny había estado examinando algunas de las marcas de dientes en el chicle, pero, cuando sus hermanos quedaron callados, levantó la mirada y también lo vio. Durante unos segundos los huérfanos Baudelaire se quedaron simplemente mirando.

—Tiene que ser una coincidencia —dijo Violet tras una larga pausa.

—Claro —dijo Klaus nervioso—, sólo una coincidencia.

—Varni —asintió Sunny, pero no lo creyó.

Ninguno de los huérfanos lo hizo. Ahora habían llegado a la fábrica y podían ver otro edificio al final de la calle. Al igual que los restantes edificios del pueblo, no tenía ventanas; sólo una puerta redonda en el centro. Pero era la forma del edificio, y cómo estaba pintado, lo que hizo que los Baudelaire se quedasen atónitos mirándolo. El edificio tenía una forma oval, con unos palitos curvos y brillantes surgiendo de la parte de arriba. La mayor parte del óvalo estaba pintada de color marrón, con un gran círculo blanco en el interior del óvalo y un círculo más pequeño verde en el interior del círculo blanco, y unos pocos peldaños negros llevaban a una puerta que estaba pintada también de negro, de forma que parecía un círculo todavía más pequeño en el interior del verde. El edificio había sido construido para simular un ojo.

Los tres niños se miraron, y miraron el edificio, y se volvieron a mirar negando con la cabeza. Por mucho que lo intentasen, no podían convencerse de que se tratara de una coincidencia que el pueblo en el que iban a vivir tuviese un edificio idéntico al tatuaje del Conde Olaf.

# Dos

Es mucho, mucho peor recibir las malas noticias por escrito que alguien te las diga, y estoy seguro de que comprendéis por qué. Cuando alguien simplemente te da malas noticias, las oyes una vez y ya está. Pero cuando las malas noticias están escritas, ya sea en una carta, un periódico o en tu brazo con rotulador, cada vez que las lees es como si recibieses las mismas noticias una y otra vez. Por ejemplo, una vez amé a una mujer que, por varias razones, no se podía casar conmigo. Si simplemente me lo hubiese dicho en persona, yo me habría puesto muy triste, claro está, pero al final se me habría pasado. Sin embargo, ella decidió escribir un libro de doscientas páginas explicando hasta el más mínimo detalle de las malas noticias, con lo cual mi tristeza ha sido de una profundidad inacabable. Cuando llegó por primera vez a mis manos el libro, transportado por una bandada de palomas mensajeras, me quedé toda la noche despierto leyéndolo, y sigo leyéndolo, una y otra vez y es como si mi querida Beatrice me estuviera dando las malas noticias todas y cada una de las noches de mi vida.

Los huérfanos Baudelaire volvieron a llamar una y otra vez a la puerta de madera, cuidando de no golpear con los nudillos las letras hechas con chicle, pero nadie contestó, y finalmente intentaron abrir la puerta y descubrieron que no estaba cerrada. Detrás de la puerta había un patio grande con el suelo sucio, y en el suelo sucio había un sobre con la palabra «Baudelaire». Klaus cogió el sobre, lo abrió y en su interior había una nota que decía lo siguiente:

**Memorándum**
**Para:** Los huérfanos Baudelaire
**De:** Aserradero de la Suerte
**Tema:** Vuestra llegada

Adjunto encontraréis un mapa del Aserradero de la Suerte, incluyendo el dormitorio donde os alojaréis gratis los tres. Por favor, presentaos a trabajar a la mañana siguiente junto con el resto de empleados. El propietario del Aserradero de la Suerte espera que seáis diligentes y aplicados.

—¿Qué significan las palabras «aplicados» y «diligentes»? —preguntó Violet, mirando por encima del hombro de Klaus.

—«Aplicados» y «diligentes» significan lo mismo —dijo Klaus, que sabía muchas palabras por todos los libros que había leído—. «Trabajadores».

—Pero el señor Poe no ha dicho nada acerca de *trabajar* en el aserradero —dijo Violet—. Creí que sólo íbamos a vivir aquí.

Klaus miró ceñudo el plano dibujado a mano que estaba enganchado a la nota con otro pedazo de chicle.

—Este plano parece bastante fácil —dijo—. El dormitorio está al fondo, entre el almacén y el aserradero.

Violet miró hacia el fondo y vio un edificio gris sin ventanas al otro lado del patio.

—Yo no quiero vivir entre el almacén y el aserradero —dijo.

—No parece que vaya a ser muy divertido —admitió Klaus—, pero nunca se sabe. Quizás la fábrica tenga maquinaria complicada y te resulte interesante estudiarla.

—Es verdad —dijo Violet—. Nunca se sabe. Quizás haya madera dura y a Sunny le resulte interesante morderla.

—¡Snevi! —gritó Sunny.

—Y quizás haya interesantes manuales de aserraderos que yo pueda leer —dijo Klaus—. Nunca se sabe.

—Es verdad —asintió Violet—. Nunca se sabe.

Quizás éste sea un lugar maravilloso para vivir.

Los tres hermanos se miraron y se sintieron un poco mejor. Es cierto, claro está, que nunca se sabe. Una nueva experiencia puede ser extremadamente agradable o extremadamente irritante, o una cosa intermedia, y nunca se sabe hasta que se prueba. Y, cuando los niños empezaron a caminar hacia el edificio gris sin ventanas, se sintieron preparados para probar suerte en su nuevo hogar, en el Aserradero de la Suerte, porque nunca se sabe. Pero —y el corazón me duele al decíroslo— yo siempre lo sé. Lo sé porque he estado en el Aserradero de la Suerte y conozco todas las atrocidades que les sucedieron a los pobres huérfanos durante el breve tiempo que vivieron allí. Lo sé porque he hablado con personas que estuvieron allí en aquel entonces y he escuchado con mis propios oídos la terrible historia de la estancia de los niños en Miserville. Y lo sé porque he escrito todos los detalles para comunicaros a vosotros, lectores, cuán miserable fue su experiencia. Lo sé y este conocimiento me pesa como un pisapapeles en el corazón. Desearía haber podido estar en el aserradero cuando estuvieron los Baudelaire, porque ellos no lo sabían. Desearía haberles podido explicar lo que yo sé, mientras ellos cruzaban el patio, levantando nubecillas de polvo a cada paso. Ellos no lo sabían, pero yo lo sé, y desearía que ellos lo supiesen, si entendéis lo que quiero decir.

Cuando los Baudelaire llegaron a la puerta del edificio gris, Klaus volvió a echar un vistazo al plano, asintió con la cabeza y llamó. Tras una larga pausa, se abrió la puerta con un chirrido y apareció un hombre que parecía perplejo y cuya ropa estaba cubierta de serrín. Se los quedó mirando un buen rato antes de hablar.

—Nadie ha llamado a esta puerta en catorce años —acabó por decir.

Algunas veces, cuando alguien dice algo tan extraño que no sabes qué responder, lo mejor es decir simplemente con educación: «¿Cómo está usted?».

—¿Cómo está usted? —dijo Violet con educación—. Soy Violet Baudelaire y estos son mis hermanos, Klaus y Sunny.

El hombre de aspecto perplejo pareció incluso más perplejo todavía, se pasó las manos por las caderas y se quitó un poco de serrín de la camisa.

—¿Estáis seguros de haber llegado al lugar indicado? —preguntó.

—Eso creo —dijo Klaus—. Este es el dormitorio del Aserradero de la Suerte, ¿no es así?

—Sí —dijo el hombre—, pero no se permite la entrada de visitantes.

—Nosotros no somos visitantes —contestó Violet—. Vamos a vivir aquí.

El hombre se rascó la cabeza, y los Baudelaire vieron caer serrín de su sucio pelo gris.

—¿Vais a vivir *aquí*, en el Aserradero de la Suerte?

—¡Cigam! —gritó Sunny, lo que significaba: «¡Mira esta nota!».

Klaus le entregó la nota al hombre, que tuvo cuidado de no tocar el chicle mientras la leía. Después bajó la mirada y observó a los huérfanos con sus ojos cansados y cubiertos de serrín.

–¿También vais a *trabajar* aquí? Niños, trabajar en un aserradero es algo muy difícil. Hay que descortezar los árboles y serrarlos en planchas delgadas para hacer tablas. Hay que atar las planchas juntas y cargarlas en camiones. Tengo que deciros que la mayoría de la gente que trabaja en el negocio de los aserraderos son adultos. Pero, si el propietario dice que vais a trabajar aquí, supongo que vais a trabajar aquí. Será mejor que entréis.

El hombre abrió más la puerta y los Baudelaire entraron en el dormitorio.

–Por cierto, me llamo Phil –dijo Phil–. Podéis cenar con nosotros dentro de pocos minutos, pero entre tanto os voy a enseñar el dormitorio.

Phil llevó a los jóvenes a una habitación grande y mal iluminada, llena de literas que formaban hileras y más hileras en un suelo de cemento. Había gente sentada o estirada en las literas, hombres y mujeres, todos ellos con aspecto cansado y cubiertos de serrín. Estaban sentados en grupos de cuatro o cinco, jugando a cartas, charlando en voz baja o simplemente con la mirada perdida en algún punto de la habitación, y unos pocos levantaron los ojos con leve interés cuando los tres hermanos entraron. Todo el lugar olía a humedad, el olor que toman las habitaciones cuando no se han abierto las ventanas durante bastante tiempo. Claro que en este caso las ventanas nunca habían sido abiertas, porque no había ventanas, pero los niños observaron que alguien había cogido un bolígrafo y había dibujado unas ventanas en las grises paredes de cemento. Los dibujos de las ventanas hacían que la habitación fuese en cierto sentido todavía más patética, palabra que aquí significa «deprimente y sin ventanas», y los huérfanos Baudelaire sintieron un nudo en la garganta sólo con mirarla.

—Es en esta habitación donde dormimos —dijo Phil—. Allí, en la esquina más alejada, hay una litera que podéis ocupar los tres. Podéis guardar vuestra maleta debajo de la cama. Por esta puerta se va al lavabo, y allí, al final del pasillo, está la cocina. Y aquí finaliza el gran tour. Oíd todos, estos son Violet, Klaus y Sunny. Van a trabajar aquí.

—Pero si son *niños* —dijo una de las mujeres.

—Lo sé —dijo Phil—. Pero el propietario dice que van a trabajar aquí, así que van a trabajar aquí.

—Por cierto —dijo Klaus—, ¿cómo se llama el propietario? Nadie nos lo ha dicho.

—No lo sé —dijo Phil rascándose la barbilla—. Hará unos seis años que no visita el dormitorio. ¿Alguien recuerda el nombre del propietario?

—Me parece que es «sir» algo —dijo uno de los hombres.

—¿Queréis decir que nunca habláis con él? —preguntó Violet.

—Ni siquiera le vemos —respondió Phil—. El propietario vive en una casa pasado el almacén y sólo viene al aserradero en ocasiones especiales. Vemos al capataz cada día, pero nunca vemos al propietario.

—¿Teruca? —preguntó Sunny, lo que probablemente significaba: «¿Qué es un capataz?».

—Un capataz —explicó Klaus— es alguien que supervisa a los trabajadores. ¿Es el capataz una buena persona, Phil?

—¡Es *terrible*! —dijo uno de los hombres y otros se unieron al grito.

—¡Es *terrible*!

—¡Es *asqueroso*!

—¡Es *repugnante*!

—¡Es el *peor capataz que haya visto ser humano*!

—Es bastante malo —les dijo Phil a los Baudelaire—. El chico que solíamos tener, el Capataz Firstein, estaba bien. Pero la semana pasada dejó de aparecer por aquí. Fue muy extraño. El hombre que le reemplazó, el Capataz Flacutono, es muy malvado. Más vale que busquéis su lado bueno, si sabéis lo que os conviene.

—No tiene un lado bueno —dijo una mujer.

—Venga, venga —dijo Phil—. Todo y todos tenemos un lado bueno. Venga, vayamos a cenar.

Los huérfanos Baudelaire sonrieron a Phil y siguieron a los otros empleados del Aserradero de la Suerte hasta la cocina, pero seguían teniendo un nudo en la garganta tan grande como los trozos de ternera del guiso que cenaron. Los niños comprendieron, a raíz de su declaración de que todo y todos tenemos un lado bueno, que Phil era un optimista. «Optimista» es una palabra que aquí se refiere a una persona, como Phil, que tiene pensamientos agradables y esperanzadores sobre casi todo. Por ejemplo, si un caimán le arranca el brazo a un optimista, éste quizás diga, con un tono agradable y esperanzador: «Bueno, tampoco es tan malo. Ya no tengo mi brazo izquierdo, pero nadie volverá a preguntarme si soy zurdo o diestro», mientras la mayoría de nosotros diríamos algo más parecido a: «¡Aaaaah! ¡Mi brazo¡ ¡Mi brazo!».

Los huérfanos Baudelaire comieron su cena e intentaron ser optimistas como Phil, pero, por mucho que lo intentaron, ninguno de sus pensamientos resultó agradable o esperanzador. Pensaron en la litera que iban a compartir en la apestosa habitación con ventanas dibujadas en las paredes. Pensaron en trabajar duro en el aserradero, llenarse de serrín y dirigirse de un lado para otro bajo las órdenes del Capataz Flacutono. Pensaron en el edificio con forma de ojo que estaba al otro lado de la puerta de madera. Y, por encima de todo, pensaron en sus padres, sus pobres padres a los que tanto añoraban y no volverían a ver. Pensaron durante toda la cena, y pensaron mientras se ponían los pijamas, y pensaron mientras Violet daba vueltas de un lado para otro en la litera de arriba y Klaus y Sunny daban vueltas de un lado para otro en la de abajo. Pensaron, como lo habían hecho en el patio, que nunca se sabe y que su nuevo hogar todavía podía resultar un hogar maravilloso. Pero no lo podían imaginar. Y, mientras los empleados del Aserradero de la Suerte roncaban a su alrededor, los niños pensaron en las infelices circunstancias y sí pudieron imaginarlas. Dieron vueltas y más vueltas, imaginaron e imaginaron, y, para cuando cayeron dormidos, no había ni un solo optimista en la litera de los Baudelaire.

La mañana es un mo-
mento importante del día,
porque a menudo la mañana
puede determinar la clase de día
que vas a tener. Por ejemplo, si os
despertaseis con el canto de los pájaros
y os encontraseis en una enorme cama con
dosel y un mayordomo a vuestro lado con un
desayuno de cruasans recién hechos y un zumo
de naranja natural en una bandeja de plata, sabríais que vuestro día iba a ser espléndido. Si os
despertaseis con el sonido de las campanas de la
iglesia y os encontraseis en una cama más o me-

nos grande, con un mayordomo a vuestro lado, con un desayuno de té caliente y tostadas con mantequilla, sabríais que vuestro día iba a estar bien. Y si os despertaseis con el ruido de alguien golpeando dos cazos de metal y os encontraseis en una pequeña litera con un malvado capataz de pie en el umbral sin nada de desayuno, sabríais que vuestro día iba a ser horroroso.

Ni a vosotros ni a mí, claro está, nos puede sorprender demasiado que el primer día de los huérfanos Baudelaire en el Aserradero de la Suerte fuese horroroso. Y los Baudelaire seguro que no esperaban pájaros cantando o un mayordomo, no después de su desastrosa llegada. Pero nunca, ni en sus peores sueños, habrían esperado la cacofonía —palabra que aquí significa «ruido de dos cazos de metal golpeados por un malvado capataz de pie en el umbral sin nada de desayuno»— que les despertó.

—¡Levantaos, pedazo de vagos apestosos! —gritaba el capataz con voz extraña. Hablaba como si estuviese cubriéndose la boca con las manos—.

¡Hora de trabajar, chicos! ¡Hay un nuevo carga-
mento de troncos esperando ser convertidos en
tablones de madera!

Los niños se incorporaron y se frotaron los
ojos. A su alrededor, los empleados del Aserradero de la Suerte se desperezaban y se tapaban
los oídos para evitar el ruido de los cazos. Phil,
que ya estaba en pie y haciéndose la cama, sonrió
cansinamente a los Baudelaire.

—Buenos días, Baudelaire —dijo Phil—. Y buenos días, Capataz Flacutono. ¿Te presento a los
tres nuevos empleados? Capataz Flacutono, estos son Violet, Klaus y Sunny Baudelaire.

—He oído que teníamos nuevos trabajadores
—dijo el capataz, tirando los cazos al suelo con
gran estruendo—, pero nadie me ha dicho que
eran enanos.

—No somos enanos —explicó Violet—. Somos
niños.

—Niños, enanos, ¿a mí qué más me da? —dijo
el Capataz Flacutono con su voz apagada, mientras se acercaba a la litera de los huérfanos—. Só-

lo me importa que salgáis inmediatamente de la cama y os dirijáis a la fábrica.

Los Baudelaire saltaron de la litera: no querían hacer enfadar a un hombre que golpeaba cazos en lugar de decir «buenos días». Pero, en cuanto echaron un vistazo al Capataz Flacutono, quisieron meterse de nuevo de un salto en la litera y cubrirse completamente con las sábanas.

Estoy seguro que habréis oído que la apariencia no tiene demasiada importancia y que lo que importa es lo que hay en el interior. Esto, claro está, es una tremenda tontería, porque, de ser cierto, las personas con un buen interior nunca tendrían que peinarse o darse un baño, y el mundo olería todavía peor de lo que ya huele. La apariencia importa, y mucho, porque a menudo se puede decir mucho acerca de la gente sólo con mirar cómo se muestran. Y fue cómo se mostró el Capataz Flacutono lo que hizo que los huérfanos quisiesen volver a meterse en la litera. Llevaba un mono manchado, lo que nunca causa buena impresión, y sus zapatos llevaban cinta aislante en lugar de cordones. Pero lo más desagradable era la cabeza. El Capataz Flacutono era calvo, calvo como un huevo, pero, en lugar de admitir su calvicie como hace la mayoría de la gente, se había comprado una peluca blanca de rizos, y parecía como si llevase un montón de gusanos muertos sobre la cabeza. Algunos de los pelos-gusano estaban en punta, algunos rizados hacia un lado, otros caían por sus orejas y su frente, y unos pocos estaban estirados hacia fuera, como si quisieran huir del cuero cabelludo del Capataz Flacutono. Bajo su peluca había dos ojos oscuros y parecidos a dos gotas brillantes, que parpadeaban de una forma muy desagradable al mirar a los huérfanos.

En cuanto al resto de su cara, era imposible decir a qué se parecía, porque estaba cubierta con una mascarilla de tela como las que llevan los doctores en los hospitales. La nariz del Capataz Flacutono quedaba oculta bajo la mascarilla, como un caimán escondido en el lodo, y, cuando hablaba, los Baudelaire podían ver abrir y cerrarse su boca tras la mascarilla. Es absolutamente apropiado llevar ese tipo de mascarilla en los hospitales, claro, para evitar propagar gérmenes, pero no tiene sentido alguno si eres capataz del Aserradero de la Suerte. La única razón que podría tener el Capataz Flacutono para llevar una máscara quirúrgica era asustar a la gente y, de hecho, los huérfanos Baudelaire se asustaron bastante cuando bajó la mirada para observarlos.

—Lo primero que podéis hacer, Baudeliar —dijo el Capataz Flacutono—, es recoger mis cazos. Y nunca volváis a hacer que se me caigan.

—Pero nosotros no hemos hecho que se te caigan —dijo Klaus.

—¡Bram! —añadió Sunny, lo que probablemente quería decir algo parecido a «y nuestro apellido es Baude*laire*».

—Si no recogéis los cazos *en este preciso instante* —dijo el Capataz Flacutono—, no tendréis chicle para comer.

A los huérfanos Baudelaire no les importaba demasiado el chicle, especialmente el chicle de menta, al que eran alérgicos, pero corrieron hasta donde estaban los cazos. Violet recogió uno y Sunny, el otro, mientras Klaus hacía las camas a toda prisa.

—Dádmelos —rezongó el Capataz Flacutono, y cogió los cazos de las manos de las niñas—. Bueno, trabajadores, ya hemos perdido bastante tiempo. ¡A las fábricas! ¡Los troncos nos están esperando!

—Odio los días de troncos —gruñó uno de los empleados.

Pero todos siguieron al Capataz Flacutono fuera del dormitorio y a través del patio de suelo sucio hacia el aserradero, que era un edificio de color gris apagado con muchas chimeneas saliendo del tejado como las púas de un puerco espín. Los tres niños se miraron preocupados. Exceptuando un día de verano que, cuando sus padres todavía seguían vivos, los Baudelaire habían abierto un puesto de limonadas enfrente de su casa, los huérfanos nunca habían tenido un empleo, y estaban nerviosos.

Los Baudelaire siguieron al Capataz Flacutono hacia el interior del aserradero y vieron que sólo era una habitación enorme llena de máquinas muy grandes. Violet miró una máquina de acero brillante con dos patas de acero que parecían los brazos de un cangrejo e intentó comprender cómo funcionaba. Klaus examinó una máquina que parecía una jaula grande, con una enorme pelota de cuerda en su interior, e intentó recordar lo que había leído sobre los aserraderos. Sunny contempló una máquina oxidada y de aspecto inestable que tenía una sierra circular bastante mellada y aterradora, y se preguntó si era más afilada que sus dientes. Y los tres Baudelaire se quedaron mirando una máquina cubierta por pequeñas chimeneas que sostenía una piedra enorme en el aire y se preguntaron qué diablos estaba haciendo allí.

Pero los Baudelaire sólo tuvieron unos pocos segundos para sentir curiosidad por aquellas máquinas antes de que el Capataz Flacutono empezase a golpear sus dos cazos y a escupir órdenes.

—¡Los troncos! —gritó—. ¡Encended la máquina apisonadora y empezad con los troncos!

Phil corrió hasta la apisonadora y apretó un botón naranja. Con un fuerte silbido los brazos se abrieron y se alargaron hacia la pared más alejada del aserradero. Los huérfanos habían sentido tanta curiosidad por las máquinas que ni se habían dado cuenta de la montaña de árboles que yacían amontonados, con hojas y ramas y todo, contra una pared del aserradero, como si un gigante hubiese arrancado un bosque del suelo y lo hubiese dejado en la habitación. Los brazos cogieron el primer árbol del montón y empezaron a bajarlo hacia el suelo, mientras el Capataz Flacutono golpeaba sus cazos y gritaba:

—¡Los descortezadores! ¡Los descortezadores!

Un empleado caminó hacia la otra esquina de la habitación, donde había una pila de cajitas verdes y una pila de rectángulos metálicos lisos, largos y delgados como una anguila adulta. Sin decir una palabra, recogió la pila de rectángulos y empezó a distribuirlos entre los trabajadores.

—Coged un descortezador —les susurró a los niños—. Uno cada uno.

Los niños cogieron cada uno un rectángulo y allí se quedaron, confundidos y hambrientos, justo en el momento en que el árbol llegaba al suelo. El Capataz Flacutono volvió a golpear sus cazos y los empleados se congregaron alrededor del árbol y empezaron a rasparlo con los descortezadores, quitando la corteza del árbol como quien se lima las uñas.

—¡Vosotros también, enanos! —gritó el capataz.

Y los niños se hicieron un hueco entre los adultos y empezaron a raspar el árbol.

Phil había descrito los rigores de trabajar en un aserradero y ciertamente había sonado difícil. Pero, como recordaréis, Phil era un optimista, y el trabajo resultó ser mucho, mucho peor. En primer lugar, porque los descortezadores eran tamaño adulto y a los niños se les hacía muy dificultoso utilizarlos. Sunny casi no podía ni levantar la herramienta y decidió usar los dientes en su lugar, pero Violet y Klaus tenían unos dientes normales y tuvieron que apañárselas con los descortezadores. Los tres niños rasparon y rasparon, pero sólo cayeron trocitos de corteza del árbol. En segundo lugar, no habían desayunado, y, a medida que fue pasando la mañana, tenían tanta hambre que les era difícil levantar siquiera el descortezador, por no hablar de utilizarlo. Y, en tercer lugar, una vez descortezaban completamente un árbol, los brazos cogían otro árbol, lo dejaban en el suelo y ellos tenían que empezar de nuevo desde cero, lo que era extremadamente aburrido. Pero lo peor era que el ruido en el Aserradero de la Suerte era ensordecedor. Los descortezadores hacían un ruido desagradable al raspar los árboles. Los brazos emitían un silbido fortísimo al coger los troncos. Y el Capataz Flacutono producía un ruido horrible al golpear los cazos. Los huérfanos se cansaron y frustraron. Les dolía el estómago y les silbaban los oídos. Y se aburrían increíblemente.

Por último, mientras los empleados acababan su decimocuarto tronco, el Capataz Flacutono golpeó sus cazos y gritó:

—¡Parada para comer!

Los trabajadores dejaron de raspar, los brazos dejaron de silbar y todos se sentaron exhaustos en el suelo. El capataz tiró sus cazos, se acercó a las cajitas verdes y cogió una. Quitó violentamente la tapa y empezó a dar a cada empleado un cuadrado rosa.

—¡Tenéis cinco minutos para comer! —gritó, y les tiró tres cuadrados rosa a los niños. Los Baudelaire observaron que le había aparecido una mancha húmeda en la máscara de tanto escupir cuando daba órdenes—. ¡Sólo cinco minutos!

Violet pasó la mirada de la mancha húmeda de la máscara al cuadrado rosa que tenía en la mano y por un instante no creyó lo que estaba viendo.

—¡Es chicle! —dijo—. ¡Esto es chicle!

Klaus pasó la mirada del cuadrado de su hermana al suyo.

—¡El chicle no es *comida*! —gritó—. ¡El chicle ni siquiera es un *tentempié*!

—¡Tanco! —gritó Sunny, lo que significaba algo

parecido a: «¡Y no se les debería dar chicle a los bebés porque se pueden ahogar!».

—Será mejor que os comáis vuestro chicle —dijo Phil, acercándose para sentarse junto a los niños—. No llena demasiado, pero es lo único que os van a dejar comer hasta la hora de la cena.

—Bueno, quizás mañana nos podamos levantar un poco más temprano —dijo Violet—, y preparar unos bocadillos.

—No tenemos ningún ingrediente para hacer bocadillos —dijo Phil—. Sólo comemos una vez al día, en general un guiso, cada noche.

—Bueno, quizás podamos ir al pueblo a comprar algunos ingredientes —dijo Klaus.

—Ojalá —dijo Phil—, pero no tenemos dinero.

—¿Y qué hay de vuestros sueldos? —preguntó Violet—. Seguro que podéis gastar parte del dinero que ganáis en comprar ingredientes para bocadillos.

Phil sonrió con tristeza a los niños y se metió la mano en el bolsillo.

—En el Aserradero de la Suerte —dijo, sacando

unos trocitos de papel– no nos pagan con dinero. Nos pagan con cupones. Mirad, eso es todo lo que ganamos ayer: veinte por ciento de un lavado de pelo en el Palacio del Peluquero Sam. Anteayer ganamos este cupón por una ronda gratis de té helado y la semana pasada ganamos éste: «Compra dos banjos y te regalamos uno». El problema es que no podemos comprar dos banjos porque sólo tenemos cupones.

–¡Nelnu! –gritó Sunny.

Pero el Capataz Flacutono empezó a golpear sus cazos antes de que nadie pudiese comprender lo que quería decir.

–¡Se acabó la comida! –gritó–. ¡Volved todos al trabajo! ¡Todos excepto vosotros, Baudelamps! ¡El jefe quiere veros ahora mismo en su oficina!

Los tres hermanos dejaron sus descortezadores en el suelo y se miraron. Habían trabajado tan duro que, se llamara como se llamara, casi se habían olvidado de conocer a su tutor. ¿Qué clase de hombre forzaba a unos niños pequeños a trabajar en un aserradero? ¿Qué clase de hombre

contrataba a un monstruo como el Capataz Flacutono? ¿Qué clase de hombre pagaba a sus empleados con cupones o les alimentaba únicamente con chicle?

El Capataz Flacutono volvió a golpear sus cazos y señaló la puerta, y los niños salieron de la
ruidosa habitación hacia el tranquilo patio.
Klaus sacó el plano de su bolsillo y señaló la dirección hacia la oficina. Con cada paso los huérfanos levantaban nubecitas de polvo, que hacían
juego con las nubes de pavor que se cernían sobre sus cabezas. Les dolía todo el cuerpo por la
jornada de trabajo y tenían una sensación desagradable en los estómagos vacíos. Los tres niños,
como ya habían supuesto al ver cómo empezaba,
estaban teniendo un mal día. Pero, a medida que
estuvieron más y más cerca de la oficina, se preguntaron si su día estaba a punto de empeorar
todavía más.

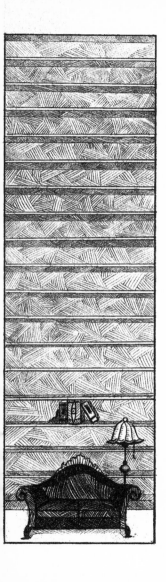

# Cuatro

Como sin duda ya sabéis, cuando hay un espejo es casi imposible no mirarte en él. A pesar de que todos sabemos cuál es nuestro aspecto, a todos nos gusta mirar nuestro reflejo, aunque sólo sea para ver qué tal estamos. Los huérfanos Baudelaire, mientras esperaban fuera de la oficina para conocer a su nuevo tutor, se quedaron mirando un espejo colgado en el pasillo y vieron que no estaban demasiado bien. Tenían aspecto cansado y hambriento. El pelo de Violet estaba cubierto de trocitos de corteza. Klaus tenía las gafas sesgadas, un adjetivo que aquí significa «torcidas hacia un lado por haberse pasado toda la mañana inclinándose encima de troncos». Y había trocitos de madera entre los cuatro dientes de Sunny, por haberlos utilizado como descortezadores.

Detrás de ellos, reflejado en el espejo, había un cuadro de la orilla del mar colgado en la pared, que les hizo sentirse incluso peor, porque la orilla del mar siempre les recordaba aquel día tan y tan terrible que los tres hermanos fueron a la playa y no tardaron en recibir de boca del señor Poe la noticia de que sus padres habían muerto. Los niños se quedaron observando sus reflejos y el cuadro de la orilla del mar que tenían detrás, y les resultó casi insoportable pensar en todo lo que les había ocurrido desde aquel día.

—Si alguien me hubiese dicho —dijo Violet—,

aquel día en la playa, que al cabo de poco tiempo me encontraría viviendo en el Aserradero de la Suerte, le habría dicho que estaba loco.

—Si alguien me hubiese dicho *a mí* —dijo Klaus—, aquel día en la playa, que al cabo de poco tiempo iba a ser perseguido por un hombre codicioso y malvado llamado Conde Olaf, le habría dicho que estaba mal de la cabeza.

—Wora —dijo Sunny, lo que significaba algo parecido a: «Si alguien me hubiese dicho *a mí*, aquel día en la playa, que al cabo de poco tiempo iba a verme usando mis cuatro dientes para descortezar árboles, le habría dicho que estaba psiconeuróticamente perturbado».

Los consternados huérfanos miraron sus reflejos y sus consternados reflejos les devolvieron la mirada. Por unos momentos, los Baudelaire se quedaron inmóviles, reflexionando sobre los misteriosos caminos que estaban tomando sus vidas, y estaban tan concentrados pensando en ello que se sobresaltaron ligeramente cuando alguien habló.

—Vosotros debéis de ser Violet, Klaus y Sunny Baudelaire —dijo ese alguien, y los niños se dieron la vuelta para ver a un hombre muy alto con el pelo muy corto. Llevaba un chaleco azul brillante y sostenía un melocotón. Sonrió y caminó hacia ellos, pero cuando estuvo más cerca, frunció el entrecejo—. Veo que estáis cubiertos de trozos de corteza —dijo—. Espero que no hayáis estado merodeando por el aserradero. Puede ser un lugar muy peligroso para los niños pequeños.

Violet miró el melocotón y se preguntó si pedir un mordisco.

—Hemos estado trabajando allí toda la mañana —dijo.

El hombre frunció el entrecejo.

—¿*Trabajando* allí?

Klaus miró el melocotón y tuvo que controlarse para no quitárselo al hombre de las manos.

—Sí —dijo—. Recibimos sus instrucciones y nos pusimos a trabajar inmediatamente. Hoy era día de troncos nuevos.

El hombre se rascó la cabeza.

—¿*Instrucciones*? —preguntó—. Por Dios, ¿de qué estás hablando?

Sunny miró el melocotón y tuvo que contenerse para no dar un salto y clavarle los dientes.

—¡Molub! —gritó, lo que debía de significar algo parecido a: «¡Estamos hablando de la nota escrita a máquina en la que ponía que teníamos que ir a trabajar al aserradero!».

—Bueno, no entiendo cómo se ha puesto a trabajar en el aserradero a tres personas tan jóvenes como vosotros, pero, por favor, aceptad mis más humildes disculpas y dejad que os diga que no volverá a ocurrir. ¡Porque, sois unos *niños*, Dios Bendito! ¡Seréis tratados como miembros de la familia!

Los huérfanos se miraron. ¿Era posible que sus horribles vivencias en Miserville se debiesen a un simple error?

—¿Quiere decir que no tenemos que descortezar ningún tronco más? —preguntó Violet.

—Claro que no —dijo el hombre—. No puedo creer que se os haya permitido la entrada. Porque allí hay máquinas bastante peligrosas. Voy a hablar de ello enseguida con vuestro nuevo tutor.

—¿Usted no es nuestro nuevo tutor? —preguntó Klaus.

—Oh, no —dijo el hombre—. Perdonad que no me haya presentado. Me llamo Charles, y es un placer teneros a los tres aquí, en el Aserradero de la Suerte.

—El placer es nuestro —mintió Violet educadamente.

—Eso se me hace difícil de creer —dijo Charles—, viendo que habéis sido forzados a trabajar en la fábrica, pero olvidemos eso y empecemos de nuevo. ¿Os apetece un melocotón?

—¡Ya han comido! —gritó una voz y los huérfanos dieron media vuelta y se quedaron mirando a un hombre.

Era bastante bajo, más bajo que Klaus, e iba vestido con un traje de un material verde oscuro muy brillante, lo que le hacía parecerse más a un reptil que a una persona. Pero lo que por encima de todo les llamó la atención fue su cara; o, más bien, la nube de humo que cubría su rostro. El hombre estaba fumando un puro y el humo del puro le envolvía la cabeza. La nube de humo hizo que los Baudelaire sintiesen mucha curiosidad por saber cómo era realmente su cara, y quizás vosotros también sintáis mucha curiosidad, pero vais a tener que llevaros esa curiosidad a la tumba, porque, ya os lo digo ahora, antes de que sigamos, los Baudelaire nunca vieron el rostro de aquel hombre, yo tampoco lo he visto y vosotros tampoco lo veréis.

—Oh, hola, Sir —dijo Charles—. Justo ahora estaba conociendo a los Baudelaire. ¿Sabía usted que habían llegado?

—Claro que sabía que habían llegado —dijo el hombre del rostro lleno de humo—. No soy idiota.

—No, claro que no —dijo Charles—. Pero ¿estaba usted al corriente de que les han hecho trabajar en el aserradero? ¡En un día de troncos nuevos, para más inri! Les estaba explicando que se ha tratado de un terrible error.

—No ha sido un error —dijo el hombre—. Charles, yo no cometo errores. No soy idiota —dio media vuelta de manera que la nube de humo quedó ante los niños—. Hola, huérfanos Baudelaire. Pensé que teníamos que echarnos un vistazo.

—¡Batex! —gritó Sunny, lo que probablemente significaba: «¡Pero no nos estamos echando un vistazo!».

—No tengo tiempo para hablar de eso —dijo el hombre—. Veo que habéis conocido a Charles. Es mi socio. Lo compartimos todo al cincuenta por ciento, lo cual es un buen trato. ¿No os parece?

—Supongo que sí —dijo Klaus—. No sé demasiado acerca del negocio de la madera.

—Oh, sí —dijo Charles—. Claro que es un buen trato.

—Bueno —dijo el hombre—, también quiero proponeros un buen trato a los tres. A ver, he oído lo que les ocurrió a vuestros padres, algo realmente muy malo. Y también he oído hablar de un tal Conde Olaf, que parece bastante pelmazo, y de esas personas de aspecto extraño que traba-

jan para él. Así que cuando el señor Poe me llamó, pensé en un trato. El trato es el siguiente:
intentaré asegurarme de que el Conde Olaf y sus
colegas no se acerquen jamás a vosotros, y vosotros trabajaréis en el aserradero hasta que seáis
mayores de edad y os hagáis con todo el dinero.
¿Os parece un trato justo?

Los huérfanos Baudelaire no contestaron a
esa pregunta, porque les pareció que la respuesta
era obvia. Un trato justo, como todo el mundo
sabe, es aquel en que ambas partes intercambian
algo de un valor más o menos equivalente. Si es-
tuvieseis cansados de jugar con vuestro equipo
de química y se lo dieseis a vuestra hermana a
cambio de su casa de muñecas, sería un trato justo. Si alguien se ofreciese a sacarme a escondidas
del país en su barco de vela a cambio de entradas
gratis para un espectáculo sobre hielo, sería un
trato justo. Pero pasarse años trabajando en un
aserradero a cambio de que el propietario *intente*
mantener al Conde Olaf alejado es un trato tre-
mendamente injusto, y los tres chicos lo sabían.

—Oh, Sir —dijo Charles, sonriendo nervioso a los Baudelaire—. No puede estar hablando en serio. Un aserradero no es un lugar para niños.

—Claro que hablo en serio —dijo el hombre. Levantó el brazo hasta la nube y rascó con la mano una picazón que tenía en algún lugar del rostro—. Eso les enseñará a ser responsables. Les enseñará a valorar el trabajo. Y les enseñará a hacer de los árboles tablas de madera.

—Bueno, probablemente usted sepa lo que es mejor —dijo Charles, encogiéndose de hombros.

—Pero podríamos *leer* acerca de todas estas cosas —dijo Klaus— y aprenderlas de esa forma.

—Eso es cierto, Sir —dijo Charles—. Podrían estudiar en la biblioteca. Parecen muy bien educados y estoy seguro de que no causarían el menor problema.

—¡*Tu* biblioteca! —dijo el hombre bruscamente—. ¡Qué tontería! Niños, no escuchéis a Charles. Mi socio ha insistido en que creemos una biblioteca para los empleados de la fábrica, y yo se lo he permitido. Pero eso no sustituye el trabajo duro.

—*Por favor*, Sir —suplicó Violet—. Como mínimo deje que nuestra hermanita se quede en el dormitorio. No es más que un bebé.

—Os he ofrecido un trato muy bueno —dijo el hombre—. Siempre y cuando no crucéis las puertas del Aserradero de la Suerte, este tal Conde Olaf no se acercará a vosotros. Además, os estoy proporcionando un sitio donde dormir, una buena cena caliente y un trozo de chicle para almorzar. Y cuanto tenéis que hacer a cambio es trabajar unos pocos años. A mí me parece un trato bastante bueno. Bien, encantado de haberos conocido. A menos que tengáis alguna pregunta, me voy. Mi pizza se está enfriando y no hay nada que odie más que una comida fría.

—Yo tengo una pregunta —dijo Violet, aunque, en realidad, tenía muchas preguntas.

La mayoría de ellas empezaban con «¿cómo puede usted...». «¿Cómo puede usted obligar a unos niños a trabajar en un aserradero?», era una de ellas. «¿Cómo puede usted tratarnos de forma tan horrible después de todo lo que hemos pasado?», era otra. Y también, «¿cómo puede usted pagar a sus empleados con cupones en lugar de con dinero?» y «¿cómo puede usted darnos sólo chicle para comer?» y «¿cómo puede usted soportar una nube de humo cubriéndole la cara?» Pero ninguna de estas preguntas parecían demasiado apropiadas, como mínimo para ser formuladas en voz alta. Así pues, Violet miró a su nuevo tutor directamente a su nube y preguntó:

—¿Cómo se llama usted?

—No te preocupes por mi nombre —dijo el hombre—. De todas formas nadie puede pronunciarlo. Llámame simplemente «Sir».

—Acompañaré a los niños a la salida, Sir —dijo Charles a toda prisa, y el propietario del Aserradero de la Suerte se marchó con un gesto de despedida.

Charles esperó nervioso un momento, para asegurarse de que estaba lo bastante lejos. Entonces se inclinó hacia los niños y les dio el melocotón.

—Ni caso de lo que él ha dicho acerca de que

ya habéis comido. Aquí tenéis este melocotón.

—Oh, gracias —gritó Klaus, y repartió rápidamente el melocotón entre sus hermanas, dándole el trozo más grande a Sunny, porque ella ni siquiera se había comido su chicle.

Los niños Baudelaire devoraron el melocotón, y en circunstancias normales no habría sido de buena educación comer algo tan deprisa y haciendo tanto ruido, especialmente delante de alguien a quien no conocían demasiado bien. Pero las circunstancias no eran ni mucho menos normales, e incluso un experto en buenos modales les habría disculpado.

—Mirad —dijo Charles—, como me parecéis unos niños encantadores y hoy habéis trabajado muy duro, voy a hacer algo por vosotros. ¿Podéis adivinar de qué se trata?

—¿Hablar con Sir —dijo Violet, limpiándose el jugo de melocotón de la barbilla—, y convencerle de que no deberíamos trabajar en el aserradero?

—Bueno, no —admitió Charles—. No serviría para nada. Él no me escucharía.

—Pero tú eres su socio —señaló Klaus.

—Eso no importa —contestó Charles—. Cuando Sir ha decidido algo, lo ha decidido. Ya sé que a veces es un poco malvado, pero tenéis que disculparle. Tuvo una infancia muy terrible. ¿Comprendéis?

Violet miró el cuadro de la orilla del mar y volvió a pensar en aquel terrible día en la playa.

—Sí —suspiró—. Lo entiendo. Creo que yo misma estoy teniendo una infancia terrible.

—Bueno, sé lo que hará que os sintáis mejor —dijo Charles—, al menos un poco mejor. Dejadme enseñaros la biblioteca antes de volver al trabajo. Podréis visitarla siempre que queráis. Venga, está al final del vestíbulo.

Charles acompañó a los Baudelaire y, a pesar de que pronto tendrían que volver al trabajo, a pesar de que les habían ofrecido uno de los tratos menos justos jamás ofrecido a unos niños, los tres hermanos se sintieron algo mejor. Ya fuese la biblioteca de libros de reptiles del Tío Monty, o la biblioteca de los libros de gramática de la Tía

Josephine, o la biblioteca de leyes de Justice Strauss, o, aún mejor, la biblioteca de toda clase de libros de sus padres —todos ellos, por desgracia, chamuscados—, las bibliotecas siempre les hacían encontrarse un poco mejor. Con sólo saber que podían leer, los huérfanos Baudelaire sintieron como si sus desdichadas vidas pudiesen ser un poquito más felices. Al final de un pasillo había una puertecita, y Charles se detuvo allí, sonrió a los niños y abrió la puerta.

La biblioteca era una habitación grande y estaba llena de elegantes estanterías de madera y sofás de aspecto confortable en los que sentarse a leer. En una pared había una hilera de ventanas que dejaban entrar luz más que suficiente para leer y en la otra pared había una hilera de cuadros de paisajes, perfectos para descansar la vista. Los niños Baudelaire entraron en la habitación y echaron un buen vistazo. Pero no se sintieron un poco mejor, ni mucho menos.

—¿Dónde están los libros? —preguntó Klaus—. Todas estas elegantes estanterías están vacías.

—Es lo único malo de esta biblioteca —admitió Charles—. Sir no me da dinero para libros.

—¿Quieres decir que no hay ni un solo libro? —preguntó Violet.

—Sólo tres —dijo Charles, y se dirigió hacia la estantería más alejada. Allí, en la estantería de abajo, había tres libros—. Sin dinero, claro está, fue difícil adquirir libros, pero recibí la donación de tres libros. Sir donó su libro *La historia del Aserradero de la Suerte*. El alcalde de Miserville donó éste: *La constitución de Miserville*. Y aquí está *Ciencia ocular avanzada*, donado por la doctora Orwell, una doctora que vive en el pueblo.

Charles sacó los tres libros para enseñarles a los Baudelaire cómo eran, y los niños los miraron desalentados y aterrorizados. *La historia del Aserradero de la Suerte* tenía un dibujo de Sir en la cubierta, con una nube de humo cubriéndole el rostro. *La constitución de Miserville* tenía una fotografía de la casa de correos de Miserville, con el viejo zapato colgando del asta en primer término. Pero fue la cubierta de *Ciencia ocular avanzada* lo que hizo que los niños Baudelaire quedasen atónitos.

Estoy seguro de que habréis oído muchas veces que no se debe juzgar un libro por su cubierta. Pero, de la misma manera que es difícil creer que un hombre que no es doctor y lleva una mascarilla de cirugía y una peluca blanca resulte ser una persona encantadora, a los niños les fue difícil creer que *Ciencia ocular avanzada* les iba a proporcionar otra cosa que problemas. La palabra «ocular», supongo lo sabéis, significa «relacionado con el ojo», pero si no lo supieseis podríais deducirlo de la cubierta. Porque en la cubierta había una imagen que los niños reconocieron. La reconocieron de sus propias pesadillas y de experiencias personales. Era la imagen de un ojo, y los huérfanos Baudelaire la reconocieron como la marca del Conde Olaf.

CAPÍTULO
# Cinco

Los días siguientes, los huérfanos
Baudelaire tuvieron el corazón
oprimiéndoles el estómago. En
el caso de Sunny era com-
prensible, porque cuando
Klaus dividió el meloco-
tón, le había tocado
el trozo con el corazón
de la fruta. Normalmen-
te, claro está, uno no se
come el hueso del
melocotón,  pero

Sunny estaba muy hambrienta y le gusta comer cosas duras y éste acabó en su estómago junto a los trozos de la fruta, que a vosotros y a mí nos gustan más. Pero los Baudelaire tenían el corazón en un puño no por el tentempié que les había dado Charles, sino por la sensación de un inminente desastre. Estaban seguros de que el Conde Olaf estaba al acecho cerca de allí, como un depredador dispuesto a abalanzarse encima de los niños en cuanto éstos tuvieran un descuido.

Así pues, cada mañana, cuando el Capataz Flacutono golpeaba sus cazos para despertar a todo el mundo, los Baudelaire le echaban un buen vistazo para ver si el Conde Olaf le había reemplazado. Habría sido típico del Conde Olaf ponerse una peluca blanca, una mascarilla de cirujano y secuestrar a los Baudelaire mientras estuviesen durmiendo. Pero el Capataz Flacutono tenía siempre los mismos ojos oscuros y pequeños, que no se parecían ni remotamente a los brillantes ojos del Conde Olaf, y siempre hablaba con su voz rasposa y apagada, que era lo opuesto a la voz ofensiva e insidiosa del Conde Olaf. Cuando los niños cruzaban el sucio patio en dirección al aserradero, echaban una atenta mirada a sus compañeros de trabajo. Habría sido típico del Conde Olaf hacerse contratar como obrero y secuestrar a los huérfanos en cuanto el Capataz Flacutono no estuviese mirando. Pero, a pesar de que todos los trabajadores parecían cansados, tristes y hambrientos, ninguno de ellos parecía malvado ni codicioso ni tenía unos modales terribles.

Y, mientras los huérfanos llevaban a cabo las extrenuantes tareas del aserradero —la palabra «extenuante» significa aquí «tan difícil y cansada que los huérfanos sentían como si sus espaldas se estuviesen rompiendo», aunque en realidad eso no estaba sucediendo— se preguntaban si el Conde Olaf utilizaría alguna de esas enormes máquinas para hacerse de alguna forma con su fortuna. Pero tampoco parecía ser el caso. Tras unos días de sacar la corteza de los árboles, los descortezadores volvieron a ser depositados en su rincón y la gigantesca máquina de los brazos fue apagada.

Lo que los trabajadores tenían que hacer era coger los árboles descortezados, uno a uno, y sostenerlos mientras la sierra circular los cortaba en tablas lisas. Los jóvenes pronto tuvieron los brazos doloridos y cubiertos de astillas, pero el Conde Olaf no se aprovechó de sus debilitados brazos para secuestrarles. Tras unos días de serrar troncos, el Capataz Flacutono ordenó a Phil encender la máquina que tenía una enorme bola de cuerda en el interior. La máquina pasaba la cuerda alrededor de pequeños grupos de tablones, y los empleados tenían que ir atando la cuerda con nudos muy complicados para mantenerlos juntos. Los dedos de los hermanos pronto estuvieron tan inflamados que casi no podían sostener los cupones que les daban cada día, pero el Conde Olaf no intentó forzarles a entregarle su fortuna. Los días pasaron con monotonía y, a pesar de que los niños estaban convencidos de que se encontraba en algún lugar cercano, el Conde Olaf no apareció. Muy curioso.

—Es muy curioso —dijo Violet un día durante

su pausa para el chicle–. El Conde Olaf no ha aparecido por ningún lado.

–Lo sé –dijo Klaus, tocándose el pulgar derecho, el que tenía más dolorido–. Ese edificio es como su tatuaje, y también lo es la cubierta del libro. Pero el Conde Olaf no ha mostrado su cara.

–¡Elund! –dijo Sunny seriamente. Probablemente quería decir algo como: «Es ciertamente misterioso».

Violet chascó los dedos y frunció de inmediato el entrecejo de dolor.

–He pensado algo –dijo–. Klaus, tú acabas de decir que no ha mostrado su cara. Quizás sea Sir, disfrazado. No podemos saber realmente cómo es Sir por culpa de esa nube de humo. El Conde Olaf podría haberse puesto un traje verde y podría haber empezado a fumar sólo para confundirnos.

–Yo también he pensado en eso –dijo Klaus–. Pero es mucho más bajo que el Conde Olaf y no sé cómo puedes disfrazarte para parecer una persona más baja.

–¡Chorn! –señaló Sunny, lo que significaba algo como: «Y su voz no se parece en nada a la del Conde Olaf».

—Eso es cierto —dijo Violet, y le dio a Sunny un trocito de madera que estaba en el suelo.

Como los bebés no deben comer chicle, los hermanos mayores de Sunny le daban esos trocitos de madera durante la pausa para el chicle. Sunny no se comía la madera, claro está, pero la mordisqueaba y se imaginaba que era una zanahoria, una manzana o una enchilada de ternera y queso, cosas que le encantaban.

—Quizás el Conde Olaf simplemente no nos haya encontrado —dijo Klaus—. Después de todo, Miserville está en medio de la nada. Podría llevarle años dar con nosotros.

—¡Pelli! —exclamó Sunny, lo que significaba algo como: «¡Pero eso no explica el edificio con forma de ojo, ni la cubierta del libro!».

—Se podría tratar de una simple coincidencia —admitió Violet—. Tenemos tanto miedo del Conde Olaf que quizás pensemos que está por todas partes. Quizás él no aparezca por aquí.

Quizás estamos realmente a salvo en este lugar.

—Esa es la actitud adecuada —dijo Phil, que había estado sentado cerca de ellos todo ese tiempo—. Mirad el lado positivo. El Aserradero de la Suerte quizás no sea vuestro sitio favorito, pero como mínimo no hay señal de ese tal Olaf del que no dejáis de hablar. Quizás ésta resulte ser la época más afortunada de vuestras vidas.

—Admiro tu optimismo —le dijo Klaus a Phil sonriendo.

—Yo también —dijo Violet.

—Tenpa —asintió Sunny.

—Esa es la actitud adecuada —repitió Phil, y se levantó para estirar las piernas.

Los huérfanos Baudelaire asintieron, pero se miraron unos a otros por el rabillo del ojo. Era cierto que el Conde Olaf no había aparecido, por lo menos aún no. Pero su situación distaba mucho de ser afortunada. Debían levantarse con el estruendo de los cazos y seguir las órdenes del Capataz Flacutono. Tan sólo tenían chicle —o, en el caso de Sunny, enchiladas imaginarias— para

comer. Y, lo peor de todo, trabajar en el aserradero era tan cansado que ni siquiera les quedaba
energía para hacer nada más. Violet, a pesar de
estar todo el día cerca de máquinas complicadas,
llevaba mucho tiempo sin pensar en ningún invento. Klaus, a pesar de disponer de libertad para visitar la biblioteca de Charles, ni siquiera había echado un vistazo a ninguno de los tres
libros. Y Sunny, a pesar de que había muchas cosas duras para morder, sólo había mordisqueado
algunas. Los niños adoraban estudiar reptiles
con Tío Monty. Añoraban vivir encima del Lago
Lacrimógeno con Tía Josephine. Y, más que nada, obviamente, añoraban vivir en su antigua casa con sus padres, que era, a fin de cuentas, el lugar al que realmente pertenecían.

—Bueno —dijo Violet tras una pausa—. Sólo tenemos que trabajar aquí unos años. Después se-
ré mayor de edad y podremos utilizar parte de la
fortuna Baudelaire. Me gustaría construirme un
estudio para inventos, quizás encima del Lago
Lacrimógeno, donde estaba la casa de Tía Jose-

phine; de este modo la recordaríamos siempre.

—Y a mí me gustaría construirme una biblioteca —dijo Klaus— abierta al público. Y siempre he deseado comprar la colección de reptiles de Tío Monty y cuidar de todos ellos.

—¡Dolc! —gritó Sunny, lo que significaba: «¡Y yo podría ser dentista!».

—¿Qué diablos significa «dolc»?

Los huérfanos levantaron la mirada y vieron que Charles había entrado en el aserradero. Les sonreía mientras sacaba algo del bolsillo.

—Hola, Charles —dijo Violet—. Es un placer volver a verte. ¿Qué has estado haciendo?

—Planchar las camisas de Sir —contestó Charles—. Tiene muchas y está demasiado ocupado para plancharlas él mismo. Quería venir antes, pero me ha llevado mucho tiempo. Os he traído un poco de cecina de ternera. No me he atrevido a coger más que un trocito porque Sir se habría dado cuenta, pero aquí lo tenéis.

—Muchas gracias —dijo Klaus con educación—. Lo compartiremos con los demás empleados.

—Bueno, de acuerdo —dijo Charles—, pero la semana pasada recibieron un cupón de un treinta por ciento de descuento en cecina y es probable que comprasen mucha.

—Quizás fuese así —dijo Violet, sabedora de que era absolutamente imposible que ningún trabajador pudiese permitirse cecina de ternera—. Charles, queríamos hablarte de uno de los libros de la biblioteca. ¿Te acuerdas del que tiene el ojo en la cubierta? ¿Dónde lo..?

La pregunta de Violet se vio interrumpida por el Capataz Flacutono golpeando sus cazos.

—¡Volved al trabajo! —gritó—. ¡Volved al trabajo! Hoy tenemos que acabar de atarlos. ¡No hay tiempo para cotorrear!

—Capataz Flacutono, sólo me gustaría hablar con estos niños un momento —dijo Charles—. Seguro que podemos alargar un poco más la pausa para comer.

—¡Nada de eso! —dijo el Capataz Flacutono, acercándose a grandes zancadas a los huérfanos—. Tengo órdenes de Sir y pretendo llevarlas a cabo. A menos que quieras decirle a Sir que...

—Oh, no —se apresuró a decir Charles, distanciándose del Capataz Flacutono—. No creo que sea necesario.

—Bien —dijo el capataz rápidamente—. ¡Ahora levantaos, enanos! ¡Se acabó la comida!

Los niños suspiraron y se pusieron en pie. Hacía ya tiempo que habían dejado de intentar convencer al Capataz Flacutono de que no eran enanos. Se despidieron de Charles y caminaron despacio hacia el grupo de maderas, con el Capataz Flacutono andando tras ellos, y en aquel momento a uno de los niños le hicieron una trastada que espero no os hayan hecho nunca a ninguno de vosotros. La trastada consiste en alargar la pierna hacia adelante y hacer la zancadilla a la persona que viene caminando, de forma que tropiece y caiga al suelo. Una vez un policía me hizo esto cuando yo transportaba una bola de cristal perteneciente a una gitana adivina, que nunca me perdonó haber tropezado y roto su bola en mil pedazos. Es una trastada malvada y es fácil

de hacer, y siento decir que el Capataz Flacutono se la hizo a Klaus en aquel preciso instante.
Klaus cayó al suelo del aserradero; sus gafas salieron disparadas y chocaron contra las maderas.

—¡Oh! —dijo Klaus—. ¡Me has hecho la zancadilla!

Una de las cosas más enervantes de esta clase
de trastadas es que la persona que la lleva a cabo
suele fingir que no sabe de qué estás hablando.

—No sé de qué estás hablando —dijo el Capataz
Flacutono.

Klaus estaba demasiado enfadado para discutir. Se levantó y Violet se alejó en busca de sus
gafas. Pero, cuando se agachó para recogerlas,
vio que algo no iba nada, nada bien.

—¡Rotup! —gritó Sunny, con toda la razón.

Cuando las gafas de Klaus habían salido vo-
lando, se habían restregado contra el suelo y habían golpeado las maderas con bastante fuerza.
Violet recogió las gafas, y tenían el aspecto de
una escultura moderna que hizo un amigo mío
hace mucho tiempo. El nombre de la escultura

era *Torcida, golpeada e irremediablemente rota.*

—¡Las gafas de mi hermano! —gritó Violet—. ¡Están torcidas y golpeadas! ¡Están irremediablemente rotas, y él casi no ve nada sin ellas!

—Mala suerte —dijo el Capataz Flacutono, mirando a Klaus y encogiéndose de hombros.

—Oh, no seas absurdo —dijo Charles al Capataz Flacutono—. Necesita unas gafas de recambio. Hasta un niño podría verlo.

—Yo no —dijo Klaus—. Casi no puedo ver nada.

—Bueno, cógete de mi brazo —dijo Charles—. No hay forma alguna de que trabajes en un aserradero sin ver lo que estás haciendo. Voy a llevarte al médico ahora mismo.

—Oh, gracias —dijo Violet con alivio.

—¿Hay algún doctor cerca? —preguntó Klaus.

—Oh sí —contestó Charles—. El más cercano es la doctora Orwell, que escribió ese libro del que estabais hablando. La consulta de la doctora Orwell está puerta con puerta con el aserradero. Estoy seguro de que la visteis de camino hacia aquí: tiene la forma de un ojo gigante. Venga, Klaus.

—¡No, Charles! —dijo Violet—. ¡No le lleves allí! Charles se acercó una mano al oído.

—¿Qué has dicho? —gritó.

Phil había encendido un interruptor de la máquina de la cuerda y la pelota de cuerda había empezado a dar vueltas en el interior de su caja, emitiendo un fuerte ruido, mientras los empleados volvían al trabajo.

—¡Ese edificio tiene la marca del Conde Olaf! —gritó Klaus, pero el Capataz Flacutono había empezado a golpear sus cazos y Charles meneó la cabeza para indicar que no podía oír nada.

—¡Yoryar! —gritó Sunny, pero Charles se encogió de hombros y sacó a Klaus de la fábrica.

Las dos hermanas Baudelaire se miraron. El fuerte ruido prosiguió y el Capataz Flacutono continuó golpeando sus cazos, pero no eran los sonidos más fuertes que las dos niñas oían. Más fuerte que la máquina, más fuerte que los cazos, era el sonido de sus dos furiosos corazones latiendo con todas sus fuerzas mientras Charles se llevaba a su hermano.

—Os digo que no tenéis nada de que preocuparos —dijo Phil, mientras Violet y Sunny picoteaban de su cacerola.

Era la hora de cenar, pero Klaus todavía no había regresado de la visita a la doctora Orwell y las jóvenes Baudelaire estaban preocupadísimas. Después de trabajar, mientras cruzaban el sucio patio con sus compañeros, Violet y Sunny contemplaron preocupadas la puerta de madera que daba a Miserville, y se acongojaron al no ver se-

ñal alguna de Klaus. Cuando llegaron al dormitorio, Violet y Sunny miraron por la ventana para ver si le veían, y estaban tan angustiadas que
tardaron varios minutos en darse cuenta de que
la ventana no era de verdad sino un dibujo en la
pared hecho con un bolígrafo. Entonces salieron
y se sentaron en el peldaño de la puerta, mirando
el patio vacío, hasta que Phil les dijo que la cena
estaba lista. Y ahora se estaba acercando la hora
de acostarse, y no sólo su hermano no había regresado sino que Phil insistía en que no había de
qué preocuparse.

—Phil, yo creo que sí —dijo Violet—. Creo que *sí*
tenemos de qué preocuparnos. Klaus ha estado
fuera toda la tarde y a Sunny y a mí nos preocupa
que le haya ocurrido algo. Algo terrible.

—¡Becer! —asintió Sunny.

—Entiendo que los niños podáis tener miedo
de los médicos —dijo Phil—, pero son vuestros
amigos y no pueden haceros daños.

Violet miró a Phil y vio que su conversación
no llegaría a ninguna parte.

—Tienes razón —dijo con voz cansada, a pesar de que Phil estaba bastante equivocado.

Todo aquel que ha ido alguna vez al médico sabe que éstos no son necesariamente tus amigos, no más que los carteros, los carniceros o los reparadores de neveras. Un doctor es un hombre o una mujer cuyo trabajo consiste en hacer que te sientas mejor, eso es todo, pero si alguna vez os han puesto una inyección, sabréis que la afirmación «los médicos no pueden hacer daño» es sencillamente absurda. Violet y Sunny, claro está, temían que la doctora Orwell tuviese alguna conexión con el Conde Olaf, no que a su hermano le hubiesen puesto una inyección, pero era inútil intentar explicar este tipo de cosas a un optimista. Así pues, picotearon de su cacerola y esperaron a su hermano hasta que llegó la hora de acostarse.

—La doctora Orwell debe de haberse retrasado con sus visitas —dijo Phil, y Violet y Sunny se acostaron en el colchón de abajo—. Debe de tener la sala de espera hasta los topes.

—Suski —dijo Sunny con tristeza, lo que significaba algo parecido a: «Eso espero, Phil».

Phil sonrió a las dos Baudelaire y apagó las luces del dormitorio. Los empleados hablaron en susurros unos minutos, luego se hizo el silencio y al poco rato Violet y Sunny se vieron rodeadas por ronquidos. Las niñas no durmieron, claro. Se quedaron con los ojos abiertos en la oscura habitación, con una creciente ansiedad. Sunny emitió un ruido triste y chirriante, como al cerrar una puerta, y Violet cogió las manos de su hermana y sopló suavemente en sus dedos, doloridos por haber estado todo el día haciendo nudos. Pero, a pesar de que los dedos de la Baudelaire mejoraron, las hermanas Baudelaire no. Se quedaron echadas la una junto a la otra en la litera e intentaron imaginar dónde podría estar Klaus y qué le estaría ocurriendo. Una de las peores cosas del Conde Olaf era que sus maldades eran tan siniestras que era imposible imaginar cuál sería su próximo paso. El Conde Olaf había acometido tantas acciones horribles, todas para conseguir la fortuna de

los Baudelaire, que Violet y Sunny casi ni se atre-
vían a pensar qué le podría estar sucediendo a su
hermano. Se hizo más y más tarde, y las dos hermanas empezaron a imaginar cosas más y más terribles que le podían estar sucediendo a Klaus,
mientras ellas yacían impotentes en el dormitorio.

—Stintamcunu —susurró finalmente Sunny.

Y Violet asintió. Tenían que salir en su busca.

La expresión «silenciosas como ratones» es
curiosa, porque los ratones pueden ser a veces
muy ruidosos, y así pues, las personas que «están
siendo silenciosas como un ratón» quizás estén
en realidad chillando y removiéndolo todo. La
expresión «silenciosas como mimos» sería más
apropiada, porque los mimos son personas que
actúan en escena sin producir ruido alguno. Los
mimos son a veces molestos y aburridos, pero
son mucho más silenciosos que los ratones. Así
pues, «silenciosas como mimos» es una forma
más apropiada de describir cómo Violet y Sunny
se levantaron de la litera, cruzaron el dormitorio
de puntillas y salieron a la noche.

Aquella noche había luna llena, y las niñas se quedaron un momento mirando el silencioso patio. La luz de la luna daba un aspecto extraño y misterioso al sucio suelo, como si se tratase de una superficie lunar. Violet cogió a Sunny en brazos y las dos cruzaron el patio en dirección a la pesada puerta de madera que era la salida del aserradero. El leve roce de Violet al arrastrar los pies era lo único que se oía. Las huérfanas no podían recordar cuándo habían estado en un lugar tan silencioso y tranquilo, y por eso un repentino crujido les hizo saltar sorprendidas. El crujido era tan ruidoso como un ratón y parecía venir exactamente de delante de ellas. Violet y Sunny miraron en la oscuridad, la puerta de madera se abrió con otro crujido y reveló la pequeña silueta de una persona que caminaba despacio hacia ellas.

—¡Klaus! —dijo Sunny, porque una de las pocas palabras que usaba correctamente era el nombre de su hermano.

Y Violet vio aliviada que efectivamente era

Klaus quien caminaba lentamente hacia ellas. Llevaba unas gafas iguales que las viejas, con la diferencia de que eran tan nuevas que brillaban a la luz de la luna. Klaus sonrió a sus hermanas de forma distante y aturdida, como si se tratase de personas a las que no conociera demasiado bien.

—Klaus, nos tenías muy preocupadas —dijo Violet, abrazando a su hermano cuando éste llegó a su lado—. ¡Has estado fuera tanto tiempo! ¿Qué ha pasado?

—No lo sé —dijo Klaus, tan bajo que sus hermanas tuvieron que inclinarse hacia adelante para oírle—. No me puedo acordar.

—¿Has visto al Conde Olaf? —preguntó Violet—. ¿Estaba la doctora Orwell trabajando con él? ¿Te han hecho algo?

—No lo sé —dijo Klaus, negando con la cabeza—. Recuerdo haberme roto las gafas y recuerdo que Charles me ha llevado hasta el edificio con forma de ojo. Pero no recuerdo nada más. Casi ni sé dónde me encuentro ahora.

—Klaus —dijo Violet con dureza—, estás en el

Aserradero de la Suerte, en Miserville. Seguro que te acuerdas de eso.

Klaus no contestó. Sólo miró a sus hermanas con los ojos muy, muy abiertos, como si se tratase de un interesante acuario o de un desfile.

—¿Klaus? —preguntó Violet—. Te acabo de decir que *estás en el Aserradero de la Suerte.*

Klaus seguía sin contestar.

—Debe de estar muy cansado —le dijo Violet a Sunny.

—Libu —dijo Sunny dubitativa.

—Klaus, será mejor que te vayas a la cama —dijo Violet—. Sígueme.

Finalmente Klaus habló.

—Sí, señor —dijo en voz baja.

—¿*Señor?* —repitió Violet—. Yo no soy un señor... ¡Soy tu hermana!

Pero Klaus volvió a quedar en silencio y Violet se dio por vencida. Todavía con Sunny en brazos, regresó al dormitorio, y Klaus la siguió arrastrando los pies. La luna brillaba en sus nuevas gafas y sus pasos levantaban nubecitas de polvo, pero no abría la boca. Silenciosos como mimos, los Baudelaire volvieron al dormitorio y se dirigieron de puntillas hasta su colchón. Pero, al llegar, Klaus permaneció de pie y se quedó mirando a sus dos hermanas, como si hubiese olvidado cómo acostarse.

—Échate, Klaus —le dijo Violet con dulzura.

—Sí, señor —contestó Klaus, y se acostó en el colchón de abajo sin dejar de mirar a sus hermanas.

Violet se sentó al borde de la cama y le quitó a Klaus los zapatos, que él había olvidado quitarse, pero pareció que ni siquiera se daba cuenta.

—Hablaremos de esto mañana —susurró Violet—. Mientras, Klaus, intenta dormir un poco.

—Sí, señor —dijo Klaus y cerró los ojos inmediatamente.

En un segundo se había quedado dormido. Violet y Sunny miraron cómo le temblaba la boca. Como siempre, desde que era un bebé, había ocurrido cuando dormía. Claro que era un descanso volver a tener a Klaus a su lado, pero las hermanas Baudelaire no se sintieron aliviadas en lo más mínimo. Nunca habían visto a su hermano actuar de manera tan extraña. Durante el resto de la noche, Violet y Sunny se abrazaron en la litera de arriba, mientras miraban abajo y veían a Klaus durmiendo. Por mucho que le mirasen, les seguía pareciendo que su hermano no había regresado.

Si alguna vez habéis tenido una experiencia miserable seguramente os habrán dicho que os sentiríais mejor a la mañana siguiente. Esto, claro está, es un completo disparate, porque una experiencia miserable sigue siendo una experiencia miserable incluso en la más adorable de las mañanas. Por ejemplo, si fuese vuestro cumpleaños y recibieseis por único regalo una crema antiverrugas, alguien podría deciros que durmieseis bien y esperaseis al día siguien-

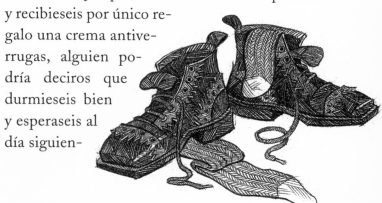

te, pero por la mañana la crema antiverrugas seguiría allí, junto a la tarta de cumpleaños sin empezar, y os sentiríais más miserables que nunca. En cierta ocasión mi chófer me dijo que me sentiría mejor a la mañana siguiente, pero, cuando me levanté, los dos seguíamos en una minúscula isla desierta, rodeados por cocodrilos de perversas intenciones y, como comprenderéis, no me sentí mucho mejor.

Y así ocurrió con los huérfanos Baudelaire. En cuanto el Capataz Flacutono empezó a golpear sus cazos, Klaus abrió los ojos y preguntó en qué parte del mundo estaba, y Violet y Sunny no se sintieron ni remotamente mejor.

—¿Cuál es tu problema, Klaus? —preguntó Violet preocupada.

Klaus miró detenidamente a Violet, como si se hubiesen conocido hacía años y él hubiese olvidado cómo se llamaba.

—No lo sé —dijo—. Tengo problemas a la hora de recordar. ¿Qué pasó ayer?

—Klaus, eso es lo que queremos preguntarte

—dijo Violet, pero se vio interrumpida por su grosero patrón.

—¡Levantaos, vagos enanos! —gritó el Capataz Flacutono, caminando hacia la cama de los Baudelaire y volviendo a golpear sus cazos—. ¡En el Aserradero de la Suerte no hay lugar para holgazanes! ¡Salid inmediatamente de la cama y poneos a trabajar!

Klaus abrió mucho los ojos y se sentó en la cama. Al instante, y sin decirles una sola palabra a sus hermanas, fue directamente hacia la puerta del dormitorio.

—¡Muy bien! —dijo el Capataz Flacutono, y volvió a golpear sus cazos—. ¡Ea, todo el mundo! ¡Al aserradero!

Violet y Sunny se miraron y se apresuraron a seguir a su hermano y a los demás empleados, pero Violet dio un primer paso y algo la hizo detenerse. En el suelo, al lado de su cama, estaban los zapatos de Klaus que ella le había sacado la noche anterior. Klaus ni siquiera se los había puesto antes de salir.

—¡Sus zapatos! —dijo Violet y los recogió—. ¡Klaus, te olvidas los zapatos!

Corrió tras él, pero Klaus ni siquiera volvió la vista atrás. Cuando Violet llegó a la puerta, su hermano caminaba descalzo por el patio.

—¿Grummle? —le gritó Sunny, pero él no contestó.

—Venga, niños —dijo Phil—. Démonos prisa en llegar al aserradero.

—Phil, a mi hermano le ocurre algo malo —explicó Violet, mientras observaba cómo Klaus abría la puerta del aserradero y guiaba a los demás empleados hacia el interior—. Casi no nos dirige la palabra, no parece recordar nada y, ¡mira! ¡Esta mañana ha olvidado ponerse los zapatos!

—Bueno, mira el lado positivo —dijo Phil—. Se supone que hoy tenemos que acabar de atar, y lo siguiente que hagamos será marcar. Marcar es la tarea más fácil de los aserraderos.

—¡No me *importa* el trabajo de los aserraderos! —gritó Violet—. ¡A Klaus le pasa algo malo!

—Violet, no creemos problemas —dijo Phil, y se encaminó hacia el aserradero.

Violet y Sunny se miraron impotentes. No tenían más opción que seguir a Phil a través del patio y al aserradero. En el interior, la máquina de cuerda ya estaba zumbando y los empleados empezaban a atar los últimos tablones de madera. Violet y Sunny se apresuraron, para conseguir un sitio al lado de Klaus, y se pasaron las siguientes horas haciendo nudos e intentando hablar con su hermano. Pero era difícil hablar por encima del zumbido de la máquina y de los cazos del Capataz Flacutono, y Klaus no contestó una sola vez. Finalmente fueron atados los últimos tableros, Phil apagó la máquina de la cuerda y todos recibieron su chicle. Violet y Sunny cogieron a Klaus por los brazos y arrastraron a su descalzo hermano hasta un rincón del aserradero, para poder hablar con él.

—Klaus, Klaus, *por favor*, háblame —gritó Violet—. Nos estás asustando. Tienes que decirnos qué te hizo la doctora Orwell para que podamos ayudarte.

Klaus se quedó mirando a su hermana con los ojos muy abiertos.

—¡Eshan! —gritó Sunny.

Klaus no dijo palabra. Ni siquiera se metió el chicle en la boca. Violet y Sunny se sentaron a su lado, confundidas y asustadas, y rodearon con los brazos a su hermano, como si tuviesen miedo de que emprendiese el vuelo. Se quedaron allí sentados, un montoncito de niños Baudelaire, hasta que el Capataz Flacutono golpeó sus cazos y dio por acabado el descanso.

—¡Hora de marcar! —dijo el Capataz Flacutono, sacándose de los ojos los finos pelos de la peluca blanca—. Alinearos todos para marcar. Y *tú* —dijo señalando a Klaus—. *Tú*, enano afortunado, vas a manejar la máquina. Ven aquí y te daré las instrucciones.

—Sí, señor —dijo Klaus en voz baja, y sus hermanas quedaron boquiabiertas.

Era la primera vez que hablaba desde el dormitorio. Sin añadir una palabra más, se puso en pie, se desembarazó de sus hermanas y caminó hacia el Capataz Flacutono, mientras ellas le miraban anonadadas.

Violet se giró y quitó una hebra de cuerda del pelo de Sunny, algo que su madre solía hacer siempre. La mayor de los Baudelaire recordó, como lo hacía tantas otras veces, la promesa que había hecho a sus padres cuando nació Sunny. «Eres la mayor de los hermanos», le habían dicho sus padres. «Y, como la mayor, tendrás la responsabilidad de cuidar a tus hermanos menores. Prométenos que siempre cuidarás de ellos y te asegurarás de que no se metan en líos.» Violet sabía, claro está, que sus padres nunca hubieran imaginado cuando dijeron aquellas palabras que la clase de líos en los que se meterían sus hermanos iba a ser tan manifiestamente –palabra que aquí significa «realmente»– horrendos, pero seguía sintiendo que había fallado a sus padres. Klaus estaba realmente metido en un lío y Violet no podía desembarazarse del sentimiento de que era su responsabilidad sacarle de él.

El Capataz Flacutono susurró algo a Klaus, y

éste se acercó lentamente hasta la máquina cubierta de chimeneas y empezó a manejar sus controles. El Capataz Flacutono asintió y volvió a golpear los cazos.

—¡Empecemos a marcar! —dijo con su terrible voz apagada.

Los Baudelaire no tenían la menor idea de lo que el Capataz Flacutono entendía por marcar, pero resultó ser algo parecido a marcar los libros de una biblioteca. Los obreros levantaban un grupo de maderas y lo colocaban en una estera especial, y la máquina dejaba caer su piedra enorme y lisa con un fuerte *¡stamp!*, e imprimía una marca en tinta roja en la que ponía «Aserradero de la Suerte». Entonces todos tenían que soplar la marca para que se secase rápidamente. Violet y Sunny no podían dejar de preguntarse si a la gente que se construyese la casa con esas planchas no le iba a importar tener escrito por las paredes el nombre del aserradero. Pero, más importante todavía, no podían evitar preguntarse cómo sabía Klaus manejar la máquina de marcar y por qué el capataz había enviado a su hermano a los controles en lugar de a Phil o a otro obrero.

—¿Veis? —les dijo Phil a las hermanas Baudelaire desde el extremo opuesto de un grupo de maderos—. A Klaus no le pasa nada malo. Está manejando la máquina a la perfección. Os habéis pasado todo este tiempo preocupandoos por nada.

*¡Stamp!*

—Quizás —dijo Violet dubitativa, mientras soplaba en la A de «Aserradero».

—Y ya os dije que marcar era la parte más fácil del trabajo en los aserraderos —dijo Phil.

*¡Stamp!*

—Los labios acaban un poco inflamados de tanto soplar, pero eso es todo.

—Wiro —dijo Sunny, lo que significaba algo como: «Cierto, pero sigo preocupada por Klaus.»

—¡Muy bien! —dijo Phil, que la había entendido mal—. Ya os dije que, si simplemente mirarais el lado positivo...

*¡Stamp-crash-aah!*

Phil cayó al suelo en mitad de la frase, el rostro pálido y sudoroso. De todos los horribles ruidos oídos y por oír en el Aserradero de la Suerte, aquel fue de lejos el más terrible. El tremendo ruido de *¡stamp!* se había visto cortado por un violento *crash* y un penetrante chillido. La máquina de marcar había funcionado mal y la enorme piedra lisa no había bajado donde debía, en el grupo de maderos. La mayor parte de la piedra había caído sobre la máquina de la cuerda, que no había sufrido daños irreparables. Pero una parte de la piedra había caído sobre la pierna de Phil.

El Capataz Flacutono dejó caer sus brazos y corrió hasta los controles de la máquina de marcar, apartando a un lado al aturdido Klaus. Con un interruptor volvió a levantar la piedra, y todos se reunieron para ver el daño causado. La parte de la máquina de cuerda con la jaula se había abierto como un huevo y la cuerda se había enredado por completo. Y sencillamente no puedo describir la imagen grotesca y desconcertante —las palabras «grotesca» y «desconcertante» aquí significan «retorcida, enredada, manchada y ensangrentada»— de la pierna del pobre Phil. Hizo que a Violet y Sunny se les revolviese el estómago, pero Phil levantó la mirada y les sonrió débilmente.

—Bueno —dijo—, esto no es tan malo. Mi pierna izquierda está rota pero, por lo menos, soy diestro. Eso es ser bastante afortunado.

—Dios —murmuró uno de los empleados—. Creí que iba a decir algo más parecido a «¡Aaaaah! ¡Mi pierna! ¡Mi pierna!».

—Si alguien me ayudara a ponerme en pie —dijo Phil—, estoy seguro de que podría regresar al trabajo.

—No seas absurdo —dijo Violet—. Tienes que ir a un hospital.

—Sí, Phil —dijo otro trabajador—. Tenemos esos cupones del mes pasado, quince por ciento de descuento en escayolas en el Hospital Conmemorativo Akab. Dos de nosotros vamos a colaborar y te dejarán la pierna como nueva. Voy a llamar a una ambulancia ahora mismo.

Phil sonrió.

—Es muy amable por tu parte —dijo.

—¡Esto es un desastre! —gritó el Capataz Flacutono—. ¡Es el peor accidente en la historia del aserradero!

—No, no —dijo Phil—. No pasa nada. De todas formas, nunca me gustó demasiado mi pierna izquierda.

—No me refiero a tu pierna, enano crecidito —dijo impaciente el Capataz Flacutono—. ¡La máquina de la cuerda! ¡Tiene un precio desmesurado!

—¿Qué significa «desmesurado»? —preguntó alguien.

—Significa muchas cosas —dijo repentinamente Klaus con un parpadeo—. Puede significar «desordenado». Puede significar «desproporcionado». Puede significar «desenfrenado». Pero, en el caso del dinero, suele significar «excesivo». El Capataz Flacutono quiere decir que la máquina de la cuerda vale mucho dinero.

Las dos hermanas Baudelaire se miraron y casi se echan a reír de alivio.

—¡Klaus! —gritó Violet tranquilizada—. ¡Estás definiendo cosas!

Klaus miró a sus hermanas y les dedicó una soñolienta sonrisa.

—Supongo que así es —dijo.

—¡Nojeemoo! —gritó Sunny, lo que significaba algo como: «Parece que vuelves a ser normal».

Y tenía razón. Klaus volvió a parpadear y observó el desaguisado que acababa de causar.

—¿Qué ha ocurrido aquí? —preguntó frunciendo el entrecejo—. Phil, ¿qué le ha pasado a tu pierna?

—Está perfectamente —dijo Phil, retorciéndose de dolor al intentar moverse—. Sólo es una pequeña herida.

—¿Quieres decir que no recuerdas lo ocurrido? —preguntó Violet.

—¿Lo ocurrido *cuándo*? —preguntó Klaus frunciendo de nuevo el entrecejo—. ¡Vaya, mirad esto! ¡No llevo zapatos!

—¡Bueno, yo sí recuerdo todo lo ocurrido!

—gritó el Capataz Flacutono señalando a Klaus—. ¡Has destrozado nuestra máquina! ¡Voy a decírselo a Sir ahora mismo! ¡Has frenado por completo todo el proceso de marcado! ¡Hoy nadie va a ganar un solo cupón!

—¡Eso no es justo! —dijo Violet—. ¡Ha sido un *accidente*! ¡Y Klaus nunca debería haberse encargado de esa máquina! ¡No sabía cómo usarla!

—Bueno, será mejor que vaya aprendiendo —dijo el Capataz Flacutono—. ¡Ahora, Klaus, recoge mis cazos!

Klaus se acercó a recoger los cazos, pero el Capataz Flacutono alargó la pierna y volvió a hacerle la misma trastada del día anterior, y siento deciros que funcionó igual de bien. Una vez más, Klaus cayó al suelo y, una vez más, las gafas salieron disparadas y chocaron contra los maderos y, lo peor de todo, una vez más quedaron torcidas, golpeadas e irremediablemente rotas, como las esculturas de mi amiga Tatiana.

—¡Mis gafas! —gritó Klaus—. ¡Mis gafas vuelven a estar rotas!

Violet tuvo una curiosa sensación, como si algo temblara y resbalara en su estómago, como si hubiese comido serpientes y no chicle durante la pausa de la comida.

—¿Estás seguro de que no puedes usarlas? —preguntó Violet.

—Estoy seguro —dijo Klaus con tristeza, levantándolas del suelo para que Violet pudiese verlas.

—Bueno, bueno, bueno —dijo el Capataz Flacutono—. Muy poco cuidadoso por tu parte. Supongo que vas a tener otra cita con la doctora Orwell.

—No queremos molestarla —dijo Violet rápidamente—. Si me da unos elementos básicos estoy segura de poder hacer unas gafas yo misma.

—No, no —dijo el capataz, su mascarilla quirúrgica frunciéndose—. Será mejor que dejes la optometría a los expertos. Decidle adiós a vuestro hermano.

—Oh, no —dijo Violet desesperada. Volvió a pensar en la promesa que les había hecho a sus padres—. ¡Nosotras le llevaremos! Sunny y yo le llevaremos a ver a la doctora Orwell.

—¡Derix! —gritó Sunny, lo que claramente significaba algo parecido a: «¡Ya que no podemos evitar que vaya a la doctora Orwell, como mínimo, podríamos ir con él!».

—Bien, de acuerdo —dijo el Capataz Flacutono, y sus ojos pequeños y brillantes se volvieron incluso más oscuros que de costumbre—. Es una buena idea. ¿Por qué no vais los tres a ver a la doctora Orwell?

*C A P Í T U L O*

# Ocho

Los huérfanos Baudelaire cruzaron la puerta del
Aserradero de la Suerte y vieron pasar ante ellos
a toda velocidad la ambulancia que llevaba a
Phil al hospital. Observaron las letras del cartel
del aserradero escritas con bolitas de chicle. Y
bajaron la mirada para ver el pavimento en pési-
mo estado de la calle de Miserville. O sea: miraron hacia todas partes, menos al edificio con
forma de ojo.

—No tenemos que ir —dijo Violet—. Podríamos
escaparnos. Podríamos escondernos hasta la llegada del próximo tren, cogerlo y que nos llevase
lo más lejos posible. Ahora ya sabemos cómo tra-

bajar en un aserradero y podríamos conseguir empleo en otro pueblo.

—Pero ¿y si nos encuentra? —dijo Klaus, mirando bizco a su hermana—. ¿Quién nos protegerá del Conde Olaf si estamos solos?

—Podríamos protegernos nosotros mismos.

—¿Cómo podemos protegernos nosotros mismos —preguntó Klaus—, cuando uno de nosotros es un bebé y otro casi no puede ver?

—Nos hemos protegido antes —dijo Violet.

—A duras penas —contestó Klaus—. Cada vez hemos escapado por los pelos del Conde Olaf. No podemos huir e intentar sobrevivir solos, sin gafas. Tenemos que ir a ver a la doctora Orwell y esperar lo mejor.

Sunny emitió un leve chillido de miedo. Violet, claro está, era demasiado mayor para chillar, excepto en situaciones de emergencia, pero no era demasiado mayor para sentirse asustada.

—No sabemos qué nos va a ocurrir ahí dentro —dijo, mirando la puerta negra que era la pupila del ojo—. *Piensa*, Klaus. Intenta *pensar*. ¿Qué te pasó cuando entraste?

—No lo sé —dijo Klaus tristemente—. Recuerdo intentar decirle a Charles que no me llevase al doctor, pero él no dejaba de insistir en que los médicos son mis amigos y que no tuviese miedo.

—¡Ja! —gritó Sunny, lo que significaba «¡Ja!».

—¿Y qué más recuerdas? —preguntó Violet.

Klaus cerró los ojos para concentrarse.

—Ojalá os lo pudiese decir, pero es como si esa parte de mi cerebro hubiese sido borrada. Como si hubiese estado dormido desde el instante en que entré en este edificio hasta que volví a estar de regreso en el aserradero.

—Pero no estabas dormido —dijo Violet—. Has estado andando por ahí como un zombi. Y ahoras has provocado el accidente y has herido al pobre Phil.

—No recuerdo esas cosas. Es como si... —su voz se fue apagando poco a poco, y se quedó un momento mirando al vacío.

—¿Klaus? —preguntó Violet preocupada.

—...Es como si me hubiesen hipnotizado —concluyó Klaus.

Miró a Violet y después a Sunny, y sus hermanas comprendieron que estaba a punto de resolver el enigma. Claro. La hipnosis lo explicaría todo.

—Creí que la hipnosis era cosa de las películas de terror —dijo Violet.

—Oh, no —contestó Klaus—. El año pasado leí la *Enciclopedia Hipnótica*. Allí se describían todos los casos famosos de hipnosis a lo largo de la historia. Hubo un antiguo rey egipcio que fue hipnotizado. Todo lo que el hipnotizador tenía que hacer era gritar «¡Ramsés!», y el rey se ponía a imitar a las gallinas, aunque estuviera ante la corte.

—Eso es muy interesante —dijo Violet—, pero...

—Un mercader chino que vivió durante la dinastía Ling fue hipnotizado. Todo lo que el hipnotizador tenía que hacer era gritar «¡Mao!», y el mercader se ponía a tocar el violín, aunque no hubiera visto nunca ninguno.

—Estas historias son alucinantes —dijo Violet—, pero...

—Un hombre que vivía en Inglaterra en los años veinte fue hipnotizado. Todo lo que el hipnotizador tenía que hacer era gritar «¡Bloomsbury!», y el hombre se convertía de repente en un escritor brillante, aunque no supiera leer.

—¡Mazée! —gritó Sunny, lo que probablemente significaba: «¡Klaus, no tenemos tiempo para oír todas esas historias!».

Klaus sonrió.

—Lo siento —dijo—, pero era un libro muy interesante y estoy muy satisfecho de que me haya sido útil.

—Bien, ¿qué decía el libro acerca de cómo dejar de estar hipnotizado? —preguntó Violet.

La sonrisa de Klaus desapareció.

—Nada —dijo.

—¿Nada? —repitió Violet—. ¿Toda una enciclopedia sobre hipnosis y no salía nada al respecto?

—Si salía algo, yo no lo leí. Me pareció entonces que las partes sobre casos famosos de hipnosis eran las más importantes. Así pues, las leí, y pasé por alto algunas otras partes aburridas.

Por primera vez desde que habían cruzado las puertas del aserradero, los huérfanos Baudelaire miraron al edificio en forma de ojo, y el edificio les devolvió la mirada. A Klaus, evidentemente, la consulta de la doctora Orwell le parecía simplemente algo confuso, pero a sus hermanas les parecía una fuente de problemas. La puerta redonda, pintada de negro para simular la pupila del ojo, parecía un agujero profundo e infinito, y los niños tuvieron la sensación de estar a punto de caer en él.

—Nunca más voy a saltarme las partes aburridas de un libro —dijo Klaus, y caminó cauteloso hacia el edificio.

—¿No irás a entrar ahí? —dijo Violet con incredulidad, palabra que aquí significa «en un tono de voz que indicara a Klaus que estaba siendo imprudente».

—¿Qué otra cosa podemos hacer? —dijo Klaus en voz baja.

Empezó a palpar la pared del edificio en busca de la puerta, y, en este punto de la historia de los huérfanos Baudelaire, me gustaría detenerme un momento y contestar a una pregunta que estoy seguro os estáis formulando. Es una pregunta importante que muchas, muchas personas se han formulado muchas, muchas veces en muchos, muchos lugares del mundo. Los huérfanos Baudelaire se la habían formulado, claro está. El señor Poe se la había formulado. Yo me la he formulado. Mi amada Beatrice se la formuló antes de su prematura muerte, aunque lo hizo demasiado tarde. La pregunta es: *¿dónde está el Conde Olaf?*

Si habéis seguido la historia de estos huérfanos desde un buen principio, sabréis que el Conde Olaf está siempre acechando a estos pobres niños, conspirando y maquinando para hacerse con la fortuna Baudelaire. A los pocos días de la llegada de los huérfanos a un nuevo lugar, el Conde Olaf y sus nefandos ayudantes —«nefandos» significa aquí «que odian a los Baudelaire»— suelen aparecer en escena, moviéndose furtivamente y cometiendo actos ruines. Y hasta el momento no se le ha visto por ningún sitio. Así pues, mientras los tres jóvenes se dirigen a regañadientes a la consulta de la doctora Orwell, sé que os estaréis preguntando dónde diablos puede estar el despreciable villano. La respuesta es: *muy cerca*.

Violet y Sunny caminaron hasta el edificio en forma de ojo y ayudaron a su hermano a subir las escaleras hasta la puerta, pero antes de que pudiesen abrirla, la pupila se abrió de golpe y mostró a una persona con una larga bata blanca y una etiqueta donde ponía «Doctora Orwell». La doctora Orwell era una mujer alta, con el pelo rubio echado hacia atrás y recogido en un moño muy, muy apretado. Llevaba unas grandes botas negras y sostenía un bastón largo y negro con una brillante gema roja en la punta.

—Hola, Klaus —dijo la doctora Orwell, saludando educadamente a los Baudelaire con un gesto de la cabeza—. No esperaba volver a verte tan pronto. No me digas que te has vuelto a romper las gafas.

—Desgraciadamente sí —dijo Klaus.

—Qué pena —dijo la doctora Orwell—. Pero estás de suerte. Hoy tenemos muy pocas visitas. Pasa y te haré las pruebas necesarias.

Los huérfanos Baudelaire se miraron nerviosos. Aquello no era en absoluto lo que habían esperado. Esperaban que la doctora Orwell fuese alguien mucho, mucho más siniestro: el Conde Olaf disfrazado, por ejemplo, o alguno de sus cómplices. Esperaban ser introducidos a la fuerza en el edificio en forma de ojo y quizá no regresar nunca. Pero la doctora Orwell era una mujer de aspecto muy profesional, que les estaba invitando educadamente a pasar.

—Adelante —dijo, mostrándoles el camino con el bastón negro—. Shirley, mi recepcionista, ha hecho unas galletas y podéis comer unas cuantas en la sala de espera, mientras yo hago las gafas para Klaus. Tardaremos mucho menos de lo que tardamos ayer.

—¿Klaus será hipnotizado? —preguntó Violet.

—¿Hipnotizado? —repitió la doctora Orwell

sonriendo–. Dios Santo, no. La hipnosis es cosa de las películas de terror.

Los niños sabían, claro, que aquello no era cierto, pero supusieron que, si la doctora Orwell lo creía, probablemente no fuera una hipnotizadora. Se adentraron con cautela en el edificio en forma de ojo y siguieron a la doctora Orwell por un pasillo decorado con diplomas médicos.

–Por aquí se va a la consulta –dijo–. Klaus me ha dicho que es un lector voraz. ¿Vosotras dos también leéis?

–Oh, sí –dijo Violet, que estaba empezando a relajarse–. Leemos siempre que podemos.

–¿Habéis encontrado alguna vez –preguntó la doctora Orwell– en vuestras lecturas la expresión «se cazan más moscas con miel que con hiel»?

–Tuzmo –contestó Sunny, lo que significaba algo parecido a: «No lo creo».

–No he leído muchos libros sobre moscas –admitió Violet.

–Bueno, la expresión en realidad no tiene nada que ver con moscas –explicó la doctora Orwell–. Es una forma pintoresca de decir que es más probable que consigas lo que quieres siendo dulce, como la miel, que agrio, como la hiel.

–Es interesante –dijo Klaus, mientras se preguntaba por qué estaría hablando la doctora Orwell de aquello.

–Supongo que os estaréis preguntando por qué hablo de esto –dijo la doctora Orwell, deteniéndose frente a una puerta en la que ponía «Sala de espera»–. Pero creo que todo quedará claro en un momento. Ahora, Klaus, sígueme a la consulta, y vosotras, chicas, sentaos en la sala de espera que hay detrás de esta puerta.

Las niñas dudaron.

–Sólo será un momento –dijo la doctora Orwell, y le dio un golpecito a Sunny en la cabeza.

–Bien, de acuerdo –dijo Violet, y se despidió de su hermano con un gesto de la mano mientras éste seguía a la optometrista por el pasillo.

Violet y Sunny empujaron la puerta, entraron en la sala de espera y vieron al instante que la doctora Orwell tenía razón. Todo les quedó claro al instante. La sala de espera era pequeña y tenía el aspecto de la mayoría de las salas de espera. Tenía un sofá, unas sillas y una mesita con un montón de revistas viejas, y una recepcionista sentada a una mesa, como las salas de espera en las que vosotros o yo hayamos podido estar. Pero, cuando Violet y Sunny miraron a la recepcionista, vieron algo que espero no hayáis visto nunca en una sala de espera. En una placa ponía «Shirley», pero no era Shirley, a pesar de que la recepcionista llevara un vestido marrón claro y unos zapatos beige. Porque encima del débil lápiz de labios de Shirley y debajo de la peluca rubia de la cabeza de Shirley, había un par de ojos muy, muy brillantes, que las dos niñas reconocieron al instante. La doctora Orwell, al actuar educadamente, había sido la miel en lugar de la hiel. Los niños eran, desgraciadamente, las moscas. Y el Conde Olaf, sentado a la mesa de recepción con una malvada sonrisa, los había atrapado al fin.

*C A P Í T U L O*
# Nueve

A menudo, cuando los niños
tienen problemas, oiréis decir a la gente que todo se debe a su baja autoestima. «Baja autoestima» es una frase
que aquí describe a niños que
no se gustan demasiado a sí
mismos. Quizás piensen que
son feos, o aburridos, o incapaces de hacer algo correctamente, o una combinación
de estas cosas y, estén o no en
lo cierto, es comprensible
que esa clase de sentimientos

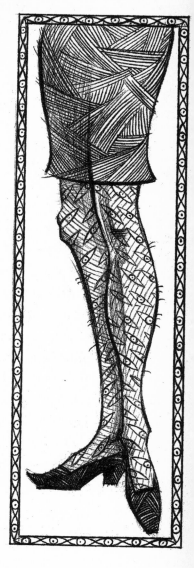

puedan crear problemas. En la mayoría de casos, sin embargo, meterse en problemas no tiene nada que ver con la baja autoestima. Suele tener mucho más que ver con lo que está ocasionando el problema —un monstruo, un conductor de autobús, una piel de plátano, unas abejas asesinas, el director de la escuela— que con lo que pienses de ti mismo.

Y así ocurría con Violet y Sunny Baudelaire, mientras miraban al Conde Olaf, o, cómo ponía la placa de su mesa, Shirley. Violet y Sunny tenían una autoestima de lo más saludable. Violet sabía que podía hacer cosas correctamente, porque había inventado muchas cuyo funcionamiento había sido correcto. Sunny sabía que no era aburrida, porque sus hermanos siempre mostraban interés por lo que decía. Y las dos hermanas Baudelaire sabían que no eran feas, porque podían ver sus agradables rasgos faciales reflejados en los ojos muy, muy brillantes, del Conde Olaf. Pero no importaba lo que pensaran, porque estaban atrapadas.

—Hola, pequeñas —dijo el Conde Olaf en un ridículo tono agudo, como si realmente fuese una recepcionista llamada Shirley y no un hombre malvado que perseguía la fortuna de los Baudelaire—. ¿Cómo os llamáis?

—Tú *sabes* nuestros nombres —dijo Violet secamente, palabra que aquí significa «cansada de las tonterías del Conde Olaf»—. Esa peluca y ese lápiz de labios no nos engañan más que tu vestido marrón claro y tus zapatos beige. Eres el Conde Olaf.

—Me temo que estáis equivocadas —dijo el Conde Olaf—. Soy Shirley. ¿Veis la placa?

—¡Fiti! —gritó Sunny, lo que significaba: «¡Está claro que esa placa no demuestra nada!».

—Sunny tiene razón —dijo Violet—. No eres Shirley por el simple hecho de tener el nombre escrito en un pedacito de madera.

—Os voy a decir por qué soy Shirley —dijo el Conde Olaf—. Soy Shirley porque me gustaría que me llamasen Shirley, y es muy descortés no hacerlo.

—Me da igual que seamos descorteses —dijo Violet— con una persona tan repugnante como tú.

El Conde Olaf negó con la cabeza:

—Pero, si sois descorteses *conmigo*, quizás *yo* os haga algo descortés a *vosotras*, como, por ejemplo, arrancaros el cabello con mis propias manos.

Violet y Sunny miraron las manos del Conde Olaf. Por primera vez se dieron cuenta de que se había dejado las uñas muy largas y las había pintado de rosa, como parte de su disfraz. Las hermanas Baudelaire se miraron. De hecho, las uñas del Conde Olaf parecían muy afiladas.

—De acuerdo, *Shirley* —dijo Violet—. Has estado escondida en Miserville desde nuestra llegada, ¿verdad?

Shirley se llevó una mano a la cabeza y se puso bien la peluca.

—Quizás —dijo, con la misma ridícula voz aguda de antes.

—Y has estado escondida todo ese tiempo en el edificio en forma de ojo, ¿verdad? —dijo Violet.

Shirley parpadeó, y Violet y Sunny se dieron

cuenta de que, bajo su única y larga ceja —otra marca identificatoria del Conde Olaf—, llevaba pestañas postizas.

—Quizás —dijo.

—Y estás compinchada con la doctora Orwell —dijo Violet, usando una frase que aquí significa «trabajando con ella para conseguir la fortuna Baudelaire»—, ¿verdad?

—Posiblemente —dijo Shirley, mientras cruzaba las piernas, dejando ver así unas largas medias blancas con dibujitos de ojos.

—¡Popinsh! —gritó Sunny.

—Sunny quiere decir —dijo Violet— que la doctora Orwell hipnotizó a Klaus y ha causado el terrible accidente, ¿verdad?

—Posiblemente —dijo Shirley.

—Y ahora lo está volviendo a hipnotizar, ¿no es cierto?

—Cabe en lo posible —dijo Shirley.

Violet y Sunny se miraron, sus corazones en un puño. Violet cogió la mano de su hermana y dio un paso atrás en dirección a la puerta.

—Y ahora —dijo— vas a intentar hacernos desaparecer, ¿verdad?

—Claro que no —dijo Shirley—. Voy a ofreceros una galleta como una buena recepcionista.

—¡Tú no eres recepcionista! —gritó Violet.

—Claro que sí —dijo Shirley—. Soy una pobre recepcionista que vive sola y que desea más que nada en el mundo criar a sus propios hijos. Tres, para ser exactos: una niña sabelotodo, un niño hipnotizado y un bebé dentudo.

—Bueno, tú no puedes criarnos —dijo Violet—. Nos está criando Sir.

—Oh, pronto os entregará a mí —dijo Shirley, y había en sus ojos un brillo feroz.

—No seas ab... —dijo Violet, pero se detuvo antes de poder decir «surda».

Quería decir «surda», quería decir «Sir no hará algo así», pero en su interior no estaba tan segura. Sir ya había obligado a los tres Baudelaire a dormir en una pequeña litera. Ya les había hecho trabajar en un aserradero. Ya les había dado para almorzar únicamente chicle. Y, a pesar de que

Violet quería creer que era absurdo pensar que Sir fuera a entregarle los huérfanos Baudelaire a Shirley, no estaba segura. Sólo estaba segura a medias, y por eso se detuvo a media palabra.

—¿Ab? —dijo una voz detrás de ella—. ¿Qué diablos significa la palabra «ab»?

Violet y Sunny dieron media vuelta y vieron a la doctora Orwell que traía a Klaus hasta la sala de espera. Llevaba unas nuevas gafas y parecía confundido.

—¡Klaus! —gritó Violet—. Creíamos que nos habías ab...

Se detuvo antes de poder decir «andonado», al ver la expresión del rostro de su hermano. Era la misma expresión de la noche anterior, cuando finalmente había regresado de su primera visita a la doctora Orwell. Tras sus gafas nuevas, Klaus tenía los ojos muy, muy abiertos, y una sonrisa aturdida y distante, como si sus hermanas fuesen personas a las que no conociese demasiado bien.

—Vuelves otra vez con ese «ab» —dijo la doctora Orwell—. ¿Qué diablos significa esa palabra?

—«Ab» no es una palabra, claro —dijo Shirley—. Sólo un estúpido diría «ab» como si fuese una palabra.

—¿Y ellas no lo son? —dijo la doctora Orwell, como si estuviesen hablando del tiempo y no insultando a unos niños—. Deben de tener una autoestima bajísima.

—Doctora Orwell, no podríamos estar más de acuerdo —dijo Shirley.

—Llámame Georgina —contestó la horrible optometrista con una sonrisa—. Bueno, chicas, aquí tenéis a vuestro hermano. Un poco cansado después de la visita, pero mañana por la mañana estará bien. Mejor que bien, de hecho. *Mucho* mejor. —Se dio la vuelta y señaló la puerta con el bastón que llevaba una gema en la punta—. Creo que los tres sabéis dónde está la salida.

—Yo no —dijo Klaus débilmente—. No recuerdo haber entrado aquí.

—Eso sucede a menudo después de las visitas de optometría —dijo la doctora Orwell con dulzura—. Ahora salid de aquí corriendo, huérfanos.

Violet tomó a su hermano de la mano y empezó a arrastrarlo fuera de la sala de espera.

—¿Realmente podemos irnos? —preguntó, sin acabar de creérselo.

—Claro —dijo la doctora Orwell—. Pero estoy segura de que tanto yo como mi recepcionista volveremos a veros pronto. Después de todo, Klaus parece haberse vuelto muy torpe últimamente. Siempre está provocando accidentes.

—¡Roopish! —gritó Sunny.

Probablemente quería decir: «¡No son accidentes! ¡Son el resultado de la hipnosis!», pero los adultos no le hicieron caso. La doctora Orwell se apartó de la puerta y Shirley movió rápidamente sus dedos rosa en señal de despedida.

—¡Chao chao, huérfanos! —dijo Shirley.

Klaus miró a Shirley y le devolvió el saludo, mientras Violet y Sunny lo sacaban de la sala de espera.

—¿Cómo puedes despedirte de ella? —le susurró Violet a su hermano mientras cruzaban el pasillo.

—Parece una mujer amable —dijo Klaus, frunciendo el entrecejo—. Sé que la he visto antes en algún lugar.

—¡Ballywot! —gritó Sunny, lo que sin lugar a dudas significaba: «¡Es el Conde Olaf disfrazado!».

—Si tú lo dices —dijo Klaus vagamente.

—Oh, Klaus —dijo Violet con tristeza—. Sunny y yo hemos perdido el tiempo discutiendo con Shirley, cuando lo que deberíamos haber hecho es rescatarte. Has vuelto a ser hipnotizado. Lo sé. Klaus, intenta concentrarte. Intenta recordar qué ha ocurrido.

—Me he roto las gafas —dijo Klaus despacio—, y hemos salido del aserradero... Verónica, estoy muy cansado. ¿Puedo irme a la cama?

—*Violet* —dijo Violet—. Me llamo *Violet*, no Verónica.

—Lo siento —dijo Klaus—. Estoy tan cansado...

Violet abrió la puerta del edificio y los tres huérfanos salieron a la deprimente calle de Miserville. Violet y Sunny se detuvieron, y se acor-

daron de cuando habían bajado del tren y se habían dirigido al aserradero y habían visto por primera vez el edificio en forma de ojo. Su instinto les había dicho que aquel edificio iba a ser una fuente de problemas, pero las niñas no habían seguido su instinto. Habían escuchado al señor Poe.

—Será mejor que le llevemos al dormitorio —le dijo Violet a Sunny—. No sé qué más podemos hacer con Klaus en este estado. Y después iremos a contarle lo ocurrido a Sir. Espero que pueda ayudarnos.

—Guree —asintió Sunny tristemente.

Las hermanas llevaron a su hermano, a través de las puertas de madera del aserradero y del patio sucio, hasta el dormitorio. Era casi la hora de cenar, y, cuando los niños entraron, pudieron ver a los demás obreros sentados en sus literas y hablando en voz baja entre sí.

—Veo que estáis de vuelta —dijo uno de ellos—. Me sorprende que os atreváis a aparecer por aquí después de lo que le habéis hecho a Phil.

—Oh, déjalo —dijo Phil y los huérfanos se dieron la vuelta para verle echado en su litera con la pierna escayolada—. Klaus no ha querido hacerlo, ¿verdad, Klaus?

—¿Querido hacer qué? —preguntó Klaus desconcertado, palabra que aquí significa «porque no sabía que había provocado el accidente que había herido a Phil en la pierna».

—Nuestro hermano está muy cansado —dijo Violet aprisa—. ¿Cómo te encuentras, Phil?

—Oh, perfectamente —dijo Phil—. Me duele la pierna, pero nada más. Soy un tipo de veras afortunado. Pero ya basta de hablar de mí. Alguien os ha dejado aquí un memo. El Capataz Flacutono ha dicho que era muy importante.

Phil le entregó a Violet un sobre con la palabra «Baudelaire» mecanografiada, exacta a la nota mecanografiada de bienvenida que los niños habían encontrado su primer día en el aserradero. En el interior del sobre había una nota que decía lo siguiente:

**Memorándum**

**Para:** Los huérfanos Baudelaire

**De:** Sir

**Tema:** El accidente de hoy

He sido informado de que habéis ocasionado un accidente esta mañana en el aserradero, que ha herido a un empleado y trastornado el trabajo del día.

Los accidentes los causan los malos trabajadores y los malos trabajadores no se toleran en el Aserradero de la Suerte. Si seguís ocasionando accidentes me veré obligado a despediros y enviaros a vivir a otro lugar. He localizado a una amable joven que vive en el pueblo, a quien le encantaría adoptar tres niños. Se llama Shirley y trabaja como recepcionista. Si los tres seguís siendo malos trabajadores, os pondré bajo su cuidado.

Violet leyó el memo en voz alta para sus hermanos y no supo qué reacción fue más desconcertante. Sunny, tras haber escuchado las malas noticias, se mordió el labio en señal de preocupación. Sus dientes eran tan afilados que empezaron a caerle gotitas de sangre por la barbilla, y aquello fue ciertamente desconcertante. Pero Klaus no pareció haber oído una sola palabra. Se quedó con la mirada clavada en el vacío, lo cual también era preocupante. Violet volvió a meter el papel en el sobre, se sentó en la litera de abajo y se preguntó qué podía hacer.

–¿Malas noticias? –preguntó Phil amablemente–. Recordad que a veces algo puede parecer una mala noticia y al final puede resultar una bendición disfrazada.

Violet intentó sonreír a Phil, pero sus músculos de la sonrisa no funcionaron. Ella sabía –o, creía que sabía, porque, en realidad, estaba equivocada– que lo único disfrazado allí era el Conde Olaf.

–Tenemos que ir a ver a Sir –acabó diciendo Violet–. Tenemos que contarle lo ocurrido.

–Se supone que no puedes ver a Sir sin haber pedido cita –dijo Phil.

–Esto es una emergencia –dijo Violet–. Venga, Sunny, venga...

Miró a su hermano y éste le devolvió la mirada con unos ojos muy, muy abiertos. Violet recordó el accidente que había provocado y que todos los anteriores tutores de los Baudelaire habían sido eliminados. No podía imaginar que Klaus fuera capaz de cometer los atroces asesinatos que había cometido el Conde Olaf, pero no podía estar segura. No, estando su hermano hipnotizado.

—Dinel —dijo Sunny.

—Sencillamente Klaus no puede ir —decidió Violet—. Phil, por favor, ¿puedes vigilar a nuestro hermano mientras nosotras vemos a Sir?

—Claro —dijo Phil.

—Vigilarlo *muy de cerca* —enfatizó ella, mientras llevaba a Klaus hasta la litera de los Baudelaire—. No está... no está siendo él mismo últimamente, como habrás advertido. Por favor, asegúrate de que no se meta en ningún lío.

—Lo haré —prometió Phil.

—Ahora, Klaus —dijo Violet—, por favor, duerme un poco, y espero que mañana te encuentres mejor.

—Wub —dijo Sunny, lo que significaba algo parecido a «yo también lo espero».

Klaus se echó en la litera, y sus hermanas miraron sus pies descalzos, asquerosos por haber estado todo el día andando sin zapatos.

—Buenas noches, Violet —dijo Klaus—. Buenas noches, Susan.

—Se llama *Sunny* —dijo Violet.

—Lo siento —dijo Klaus—. ¡Estoy tan agotado!

¿De verdad creéis que me sentiré mejor por la mañana?

—Si tenemos suerte, sí —dijo Violet—. Ahora ponte a dormir.

Klaus miró a su hermana mayor.

—Sí, señor —dijo en voz baja.

Cerró los ojos y al instante ya estaba durmiendo. La mayor de los Baudelaire le arropó y le miró un buen rato. Entonces cogió a Sunny de la mano, sonrió a Phil y volvió a salir del dormitorio, cruzando el patio en dirección a las oficinas. Una vez allí, las dos Baudelaire pasaron junto al espejo, sin ni tan siquiera echar un vistazo a sus reflejos, y llamaron a la puerta.

—¡Adelante!

Las niñas reconocieron la retumbante voz de Sir y abrieron nerviosas la puerta de la oficina. Sir estaba sentado ante un escritorio enorme, de madera muy, muy oscura, y seguía fumando un puro, razón por la cual no se le podía distinguir el rostro tras la nube de humo. El escritorio estaba cubierto de papeles y carpetas, y había una placa donde se podía leer «El Jefe», con letras hechas de chicle mascado, igual que en el cartel del aserradero. Era difícil ver el resto de la habitación, porque sólo había una tenue luz y estaba en el escritorio de Sir. Junto a él estaba Charles, de pie, y sonrió avergonzado a las niñas cuando éstas se acercaron a su tutor.

—¿Tenéis una cita? —preguntó Sir.

—No —dijo Violet—, pero es muy importante que hable con usted.

—¡Yo decidiré lo que es muy importante! —dijo Sir en un tono muy brusco—. ¿Veis la placa? ¡Pone «El Jefe», y ese soy yo! Algo es muy importante cuando *yo* digo que es muy importante, ¿entendido?

—Sí, Sir —dijo Violet—, pero creo que estará de acuerdo conmigo cuando le explique lo que está sucediendo.

—Yo *sé* lo que está sucediendo —dijo Sir—. ¡Soy el jefe! ¡Claro que lo sé! ¿No habéis recibido mi memo acerca del accidente?

Violet respiró profundamente y miró a Sir a

los ojos, o al menos a la parte de la nube de humo donde creía que probablemente estarían los ojos.

—El accidente —acabó diciendo— ocurrió porque Klaus había sido hipnotizado.

—Lo que tu hermano haga como hobby no es asunto mío —contestó Sir—, y no justifica los accidentes.

—No lo entiende, Sir —dijo Violet—. Klaus había sido hipnotizado por la doctora Orwell, que está compinchada con el Conde Olaf.

—¡Oh no! —dijo Charles—. ¡Pobres niños! ¡Sir, tenemos que detener esto!

—¡*Estamos* deteniendo esto! —dijo Sir—. Niños, ya no causaréis más accidentes y seguiréis a salvo empleados en este aserradero. ¡De no ser así, a la calle!

—¡Sir! —gritó Charles—. ¡No echará a los niños a la calle!

—Claro que no —dijo Sir—. Tal como explico en mi memo, he conocido a una joven encantadora que trabaja como recepcionista. Cuando le mencioné que tenía tres niños bajo mi cuidado, me dijo que, si en alguna ocasión os metíais en un lío, ella os acogería, porque siempre ha querido tener hijos.

—¡Palsh! —dijo Sunny.

—¡Es el Conde Olaf! —gritó Violet.

—¿Me tomáis por idiota? —dijo Sir, señalando su nube—. Tengo una descripción de lo más completa del Conde Olaf hecha por el señor Poe, y esta recepcionista no se parecía en nada a él. Es una mujer muy amable.

—¿Buscó el tatuaje? —preguntó Charles—. El Conde Olaf tiene un tatuaje en el tobillo, ¿recuerda?

—Claro que no busqué el tatuaje —dijo Sir con impaciencia—. No es de buena educación mirar las piernas de las mujeres.

—¡Pero ella no es una mujer! —soltó Violet—. Quiero decir, ¡*él* no es una mujer! ¡Él es el Conde Olaf!

—Vi su placa —dijo Sir—. No ponía «Conde Olaf». Ponía «Shirley».

—¡Fiti! —gritó Sunny, lo que ya sabéis que quiere decir: «Esa placa no demuestra nada, ¡claro está!».

Pero Violet no tenía tiempo para traducir, porque Sir estaba golpeando el escritorio con las manos.

—¡Hipnosis! ¡El Conde Olaf! ¡Fiti! ¡Ya he oído suficientes excusas! ¡Vuestro trabajo consiste en trabajar duro en el aserradero, no en provocar accidentes! ¡Ya estoy lo bastante ocupado como para tener que vérmelas con niños patosos!

Violet pensó rápidamente otra cosa.

—Bueno, ¿podemos llamar al señor Poe? —preguntó—. Él lo sabe todo sobre el Conde Olaf y quizás pueda ser de ayuda.

Violet no añadió que el señor Poe no solía ser de demasiada ayuda.

—¿Quieres añadir el coste de una llamada de larga distancia a la carga de cuidar de vosotros? —preguntó Sir—. Yo creo que no. Deja que te lo explique de la forma más sencilla posible: si volvéis a armar un lío, os entregaré a Shirley.

—Mire, Sir —dijo Charles—. Son niños. No debería hablarles de esta forma. Como recordará, a mí nunca me pareció buena idea que los Baudelaire trabajasen en el aserradero. Deberían ser tratados como miembros de la familia.

—*Están* siendo tratados como miembros de la familia —dijo Sir—. Varios primos míos viven en ese dormitorio. ¡Charles, me niego a discutir contigo! ¡Eres mi socio! ¡Tu trabajo consiste en plancharme las camisas y cocinar mis tortillas, no en mangonearme!

—Tiene razón, claro —dijo Charles dulcemente—. Lo siento.

—¡Ahora salid todos de aquí! —dijo Sir en un tono muy brusco—. ¡Tengo mucho trabajo que hacer!

Sunny abrió la boca para decir algo, pero sabía que no iba a servir de nada. Violet pensó en qué otra cosa podía argumentar, pero supo que sería inútil. Y Charles empezó a levantar la mano para señalar un hecho, pero supo que sería fútil, palabra que aquí significa «que no sirve para nada y es inútil». Así pues, Charles y las dos Baudelaire salieron del oscuro despacho sin decir palabra y se quedaron de pie un momento en el pasillo.

—No os preocupéis —susurró Charles—. Yo os ayudaré.

—¿Cómo? —susurró Violet—. ¿Llamará al señor Poe y le dirá que el Conde Olaf está aquí?

—¿Ulo? —preguntó Sunny, lo que significaba: «¿Harás que arresten a la doctora Orwell?».

—¿Nos vas a esconder de Shirley? —preguntó Violet.

—¿Henipul? —preguntó Sunny, lo que significaba: «¿Deshipnotizarás a Klaus?»

—No —admitió Charles—. No puedo hacer ninguna de esas cosas. Sir se enfadaría muchísimo conmigo, es algo que no queremos que ocurra. Pero mañana intentaré coger a escondidas algunas pasas de la comida. ¿OK?

No estaba OK, claro, en absoluto. La pasas son sanas y baratas, e incluso algunas personas pueden encontrarlas deliciosas. Pero raramente se consideran de ayuda. De hecho, las pasas eran

una de las cosas de menos ayuda que Charles podía ofrecer, si realmente quería ayudar. Pero Violet no le contestó. Estaba mirando por el pasillo
y pensando. Sunny tampoco le contestó, porque
ya estaba gateando hacia la puerta de la biblioteca. Las hermanas Baudelaire no tenían tiempo
para hablar con Charles. Tenían que tramar un
plan y tenían que hacerlo enseguida. Los huérfanos Baudelaire se encontraban en una situación
muy difícil y necesitaban todo el tiempo disponi-
ble para encontrar algo de mucha, mucha más
ayuda que las pasas.

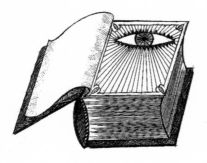

Como ya hemos discutido con anterioridad, la primera frase de un libro a menudo puede decirte qué clase de historia contiene el libro. Recordaréis que este libro comenzó con la frase «Los huérfanos Baudelaire miraron a través de la mugrienta ventanilla del tren y contemplaron la tenebrosa oscuridad del bosque Finito, mientras se preguntaban si algún día sus vidas irían un poco mejor», y la historia sin duda ha sido tan lamentable y falta de esperanza como la primera

frase prometía que iba a ser. Salgo con esto ahora, sólo para que podáis entender el sentimiento
de terror que experimentaron Violet y Sunny
Baudelaire cuando abrieron un libro de la biblioteca del Aserradero de la Suerte. Claro que
las dos hermanas Baudelaire ya tenían un sentimiento de terror. Parte del terror procedía de la
forma cruel e injusta de comportarse de Sir.
Otra parte del terror venía por cómo Charles,
por muy amable que fuese, parecía incapaz de
ayudarles. Y otra parte del terror venía por el
hecho de que Klaus había vuelto a ser hipnotizado. Y, claro está, la parte del león del terror
—la frase «parte del león» aquí significa «la parte
más grande» y no tiene nada que ver con leones
ni con repartir— venía del hecho de que el Conde Olaf —o, como insistía en ser llamado: Shirley— volvía a estar en la vida de los Baudelaire y
causando mucho sufrimiento.

Pero había una parte extra de terror que sintieron Violet y Sunny cuando empezaron *Ciencia ocular avanzada*, por la doctora Georgina Or-

well. La primera frase era «Esta disertación no escatimará esfuerzos en examinar, en casi toda su amplitud, la epistemología de evaluaciones oftalmológicamente artificiales de sistemas oculares y los subsiguientes e imprescindibles esfuerzos indispensables para la expugnación de estados perjudiciales», y mientras Violet lo leía en voz alta para su hermana, las dos niñas sintieron el terror que aparece cuando empiezas un libro muy difícil y aburrido.

—Dios mío —dijo Violet, preguntándose qué diablos significaba la palabra «disertación»—. Este libro es muy difícil.

—¡Garj! —dijo Sunny, preguntándose qué diablos significaba «escatimará».

—Si tuviésemos un diccionario —dijo Violet con tristeza—, quizás seríamos capaces de comprender qué significa esta frase.

—¡Yash! —señaló Sunny, lo que probablemente significaba algo parecido a: «Y si Klaus no estuviese hipnotizado, seguro que nos podría *decir* qué significa esta frase».

Violet y Sunny suspiraron y pensaron en su pobre hermano hipnotizado. Klaus parecía tan distinto del hermano que conocían que era casi como si el Conde Olaf ya hubiese conseguido que su malvado plan funcionase y hubiese destruido a uno de los huérfanos Baudelaire. Klaus solía mirar con interés el mundo que le rodeaba y ahora tenía una expresión vacía en el rostro. Sus ojos solían entrecerrarse de tanto leer y ahora estaban abiertos como si hubiese estado viendo la televisión. Solía estar alerta y lleno de cosas interesantes que decir, y ahora era olvidadizo y casi siempre permanecía callado.

—Quién sabe si Klaus podría definirnos estas palabras —se preguntó Violet—. Ha dicho que tenía la sensación de que parte de su cerebro había sido borrado. Quizás no sabe todas estas palabras cuando está hipnotizado. No recuerdo haberle oído definir nada desde el accidente con Phil, cuando explicó la palabra «desmesurada». Sunny, será mejor que descanses un poco. Ya te despertaré si leo algo útil.

Sunny se subió a gatas a la mesa y se tumbó al lado de *Ciencia ocular avanzada*, que era casi tan grande como ella. Violet se quedó un momento mirando a su hermana y luego centró su atención en el libro. A Violet le gustaba leer, claro está, pero en el fondo era una inventora, no una investigadora. Sencillamente no tenía las increíbles dotes para la lectura que tenía Klaus. Violet volvió a mirar la primera frase de la doctora Orwell y sólo vio un montón de palabras difíciles. Sabía que, si Klaus estuviese en la biblioteca y no hipnotizado, encontraría una forma para ayudarles a salir de aquella situación. Violet empezó a imaginar cómo leería su hermano *Ciencia ocular avanzada* e intentó copiar sus métodos.

Primero pasó hacia atrás las páginas del libro, incluido el índice de materias, que estoy seguro sabéis es una lista de los títulos y los números de las páginas de todos los capítulos del libro. Violet casi no le había prestado atención cuando había abierto el libro, pero se dio cuenta de que Klaus probablemente examinaría primero el índice de materias para ver qué capítulos del libro iban a serle de mayor ayuda. Rápidamente exploró el índice de materias:

Violet vio inmediatamente, claro está, que el capítulo doce iba a ser el de mayor ayuda, se alegró de haber tenido la idea de mirar el índice de materias en lugar de leer 927 páginas hasta encontrar algo que le fuese útil. Contenta de poder saltarse el desalentador primer párrafo –la palabra «desalentador» aquí significa «lleno de palabras increíblemente difíciles»–, pasó las páginas de *Ciencia ocular avanzada* hasta que llegó a «Hipnosis y control de la mente».

La frase «consistencia estilística» se utiliza para describir libros que son parecidos desde el principio hasta el final. Por ejemplo, el libro que estáis leyendo ahora mismo tiene consistencia estilística, porque empezó de forma miserable y así seguirá hasta la última página. Siento decir que Violet advirtió al empezar el capítulo doce que el libro de la doctora Orwell también tenía consistencia estilística. La primera frase de «Hipnosis y control de la mente» era: «La hipnosis es un método eficaz a la par que precario y no debería ser ensayado por neófitos», y era igual de difícil y aburrida que la primera frase del libro. Violet releyó la frase, y volvió a releerla y el alma empezó a caérsele a los pies. ¿Cómo diablos lo hacía Klaus? Cuando los tres chicos vivían en el hogar de los Baudelaire, había un diccionario enorme en la biblioteca de sus padres, y Klaus lo usaba a menudo como ayuda para los libros difíciles. Pero, ¿cómo leía Klaus los libros difíciles cuando no había diccionario? Era un rompecabezas y Violet sabía que era un rompecabezas que tenía que resolver deprisa.

Volvió a centrar su atención en el libro y a releer de nuevo la frase, pero esta vez saltó simplemente las palabras que no conocía. Como a menudo sucede cuando se lee de esta manera, el cerebro de Violet emitió un leve zumbido al topar con cada palabra —o cada parte de palabra— que no conocía. Así pues, en el interior de su cabeza la primera frase del capítulo doce era la siguiente: «La hipnosis es un método *hmmm* a la par que *hmmm* y no debería ser *hmmm* por *hmmms*» y, a pesar de que no podía saber exactamente lo que significaba, podía suponerlo.

«Podría significar —supuso para sí misma— que la hipnosis es un método difícil que no debería ser aplicado por principiantes.» Y lo curioso es que no iba demasiado mal encaminada.

La noche fue avanzando, y Violet seguía leyendo el capítulo de esta forma, y se sorprendió al descubrir que podía suponer lo escrito en páginas y páginas del libro de la doctora Orwell. Claro que ésta no es la mejor forma de leer, porque puedes hacer suposiciones terriblemente equivocadas, pero en una emergencia funciona.

Durante varias horas, la biblioteca del aserradero estuvo en absoluto silencio, salvo el pasar de las páginas de Violet mientras leía el libro en busca de cualquier cosa que pudiese servirle de ayuda. De vez en cuando, echaba un vistazo a su hermana, y por primera vez en su vida deseó que Sunny fuese mayor de lo que era. Cuando estás intentando solucionar un poblema difícil —como el problema de intentar deshipnotizar a tu hermano para no ser entregados al cuidado de un hombre malvado disfrazado de recepcionista—, a menudo sirve de ayuda discutir el problema con otras personas para obtener una solución rápida y útil. Violet recordó que, cuando los Baudelaire vivían con Tía Josephine, había sido de muchísima ayuda decirle a Klaus lo de la nota que resultó ocultar un secreto en sus palabras. Pero con Sunny era diferente. La menor de los Baudelaire era encantadora, tenía una buena dentadura y era bastante inteligente para ser un bebé. Pero seguía siendo un bebé y, mientras Violet *hmme*-aba por el capítulo doce, temió no poder alcanzar una solución con sólo un bebé como compañero de trabajo. Con todo, cuando encontraba una frase que parecía útil, le daba a Sunny un codazo para despertarla y leía la frase en voz alta.

—Sunny, escucha esto —decía cuando su hermana abría los ojos—. «Una vez un sujeto ha sido hipnotizado, una simple palabra *hmmm* hará que él o ella lleve a cabo cualquier *hmmm* acción cualquier *hmmm* quiera *hmmma*.»

—¿*Hmmm*? —preguntó Sunny.

—Esas son las palabras que no conozco —explicó Violet—. Es difícil leer así, pero puedo suponer lo que la doctora Orwell quiere decir. Creo que quiere decir que, una vez has hipnotizado a alguien, todo lo que tienes que hacer es decir una palabra concreta y el hipnotizado te obedecerá.

¿Recuerdas lo que Klaus nos dijo haber aprendido de la *Enciclopedia Hipnótica*? Estaba aquel rey egipcio que imitaba a las gallinas y el mercader que tocaba el violín, y aquel escritor, y todo lo que los hipnotizadores hicieron fue decir una palabra concreta. Pero las palabras eran distintas. Me pregunto qué palabra será la de Klaus.

—Heece —dijo Sunny, lo que probablemente significaba algo parecido a: «Eso me supera. Sólo soy un bebé».

Violet le sonrió con dulzura e intentó imaginar lo que habría dicho Klaus de haber estado allí, deshipnotizado, en la biblioteca con ellas.

—Voy a buscar más información —decidió.

—Brewol —dijo Sunny, lo que significaba: «Y yo voy a dormir un poco más».

Las dos Baudelaire fueron fieles a sus palabras y la biblioteca volvió a quedar en silencio un buen rato. Violet *hmmm*eó por el libro, y el cansancio y la preocupación fueron en aumento. Sólo quedaban unas pocas horas para que empezase la jornada laboral y ella temía que sus esfuerzos fuesen tan «inefectivos» –la palabra «inefectivos» significa aquí «incapaces de deshipnotizar a Klaus»– como si tuviese baja autoestima. Pero, justo cuando estaba a punto de caer dormida al lado de su hermana pequeña, encontró un pasaje del libro que parecía tan útil que lo leyó en voz alta inmediatamente, despertando a Sunny en el proceso.

–«Para *hmmm* el estado hipnótico del *hmmm*» –dijo Violet–, «el mismo método *hmmm* es utilizado: una palabra *hmmm*, dicha en voz alta, hará que el *hmmm* inmediatamente *hmmm*.» Creo que la doctora Orwell está hablando de deshipnotizar a la gente, y tiene que ver con otra palabra pronunciada en voz alta. Si descubrimos *esa palabra*, podremos deshipnotizar a Klaus y no acabaremos en las garras de Shirley.

–Skel –dijo Sunny, frotándose los ojos. Probablemente quería decir algo como: «Me pregunto qué palabra puede ser».

–No lo sé –dijo Violet–, pero será mejor que lo descubramos antes de que sea demasiado tarde.

—Hmmm —dijo Sunny, emitiendo un zumbido, porque estaba pensando y no porque estuviese leyendo una palabra que no conocía.

—Hmmm —dijo Violet, lo que significaba que *ella* también estaba pensando.

Pero entonces hubo otro *hmmm* que hizo que las dos hermanas Baudelaire se mirasen preocupadas. Aquel no fue el *hmmm* de un cerebro que desconocía el significado de una palabra, ni el *hmmm* de una persona pensando. Aquel *hmmm* fue más alto y largo y fue un *hmmm* que hizo que las hermanas Baudelaire dejasen de pensar y saliesen a toda prisa de la biblioteca, llevándose el libro de la doctora Orwell en sus temblorosas manos. Era el *hmmm* de la sierra del aserradero. Alguien había puesto en marcha la máquina más mortífera del aserradero a primerísima hora de la mañana.

Violet y Sunny corrieron por el patio, que con los primeros rayos del sol seguía bastante oscuro. Abrieron a toda prisa las puertas del aserradero y miraron en el interior. El Capataz Flacutono estaba de pie cerca de la entrada, de espaldas a las dos niñas, señalando con el dedo y dando una orden. La oxidada máquina de serrar rechinaba, emitiendo aquel espantoso zumbido, y en el suelo había un tronco listo para ser empujado contra la sierra. El tronco parecía cubierto de capas y capas de cuerda, la cuerda que estaba en el interior de la máquina de cuerda antes de que Klaus la destrozase.

Las dos hermanas miraron más atentamente, se adentraron más en el aserradero, y vieron que la cuerda estaba envuelta alrededor de otra cosa, atando un bulto grande al tronco. Y, cuando fijaron todavía más la mirada, a hurtadillas desde detrás del Capataz Flacutono, vieron que el bulto era Charles. Estaba atado al tronco con tanta cuerda que tenía el aspecto de un capullo, excepto que un capullo nunca habría parecido tan asustado. Capas de cuerda le cubrían la boca para que no pudiese emitir el menor sonido, pero sus ojos estaban al descubierto y miraban aterrorizados la sierra que se acercaba más y más.

—Sí, pequeño berzotas —decía el Capataz Flacutono—. Hasta ahora has tenido suerte, al escapar de las garras de mi jefe, pero se ha acabado.
Un accidente más y serás nuestro, y será el peor
accidente que jamás haya ocurrido en el aserradero. Imagínate el descontento de Sir cuando sepa que su socio ha sido cortado en pedacitos.
¡Ahoa, hombre afortunado, ve y empuja el tronco hacia la sierra!

Violet y Sunny se acercaron un par de pasos
más, hasta estar tan cerca que hubieran podido
tocar al Capataz Flacutono —no es que quisiesen
hacer algo tan asqueroso, claro—, y vieron a su
hermano. Klaus manejaba los mandos de la máquina de serrar, descalzo, mirando al capataz con
los ojos muy, muy abiertos.

—Sí, señor —dijo.

Y el pánico invadió la mirada de Charles.

–*¡Klaus!* –gritó Violet–. ¡Klaus, no lo hagas!

El Capataz Flacutono se giró rápidamente, sus ojos pequeños y brillantes resplandecían encima de la mascarilla quirúrgica.

–Vaya, ¡pero si son los otros dos enanos! –dijo–. Llegáis a tiempo para presenciar el accidente.

–No es un accidente –dijo Violet–. ¡Lo estás haciendo aposta!

–No hilemos muy fino –dijo el capataz, usando una expresión que aquí significaba «no discutamos sobre algo que no es nada importante».

—¡Has estado metido en esto desde el principio! —gritó Violet—. ¡Estás compinchado con la doctora Orwell y con Shirley!

—¿Y qué? —dijo el Capataz Flacutono.

—¡Deluny! —gritó Sunny, lo que significaba algo parecido a: «No sólo eres un mal capataz, ¡eres una persona malvada!».

—No sé qué quieres decir, enanita —dijo el Capataz Flacutono—, y me da igual. Klaus, chico afortunado, continúa, por favor.

—¡No, Klaus! —gritó Violet—. ¡No!

—¡Kewtu! —gritó Sunny.

—Vuestras palabras no servirán de nada —dijo el Capataz Flacutono—. ¿Veis?

Sunny sí lo vio, al observar que su hermano caminaba descalzo hasta el tronco, como si sus hermanas no hubiesen hablado. Pero Violet no estaba mirando a su hermano. Miraba al Capataz Flacutono y pensaba en todo lo que éste había dicho. El terrible capataz tenía razón, claro. Las palabras de las dos no-hipnotizadas Baudelaire no servirían para nada. Pero Violet sabía que algunas palabras sí servían. El libro que sostenía en las manos le había indicado, entre *hmmms*, que había una palabra que estaba siendo utilizada para manipular a Klaus y una palabra que le deshipnotizaría. La mayor de los Baudelaire se dio cuenta de que el Capataz Flacutono acababa de usar la palabra de mando, e intentó recordar cuanto éste había dicho. Había llamado a Klaus berzotas, pero no parecía probable que «berzotas» fuese la palabra. Había dicho «tronco» y había dicho «empuja», pero tampoco parecían probables. Comprendió con desesperación que la palabra de mando podía ser casi cualquier palabra.

—Eso es —dijo el Capataz Flacutono cuando Klaus llegó hasta el tronco—. Ahora, en nombre del Aserradero de la Suerte, empuja el tronco hacia la sierra.

Violet cerró los ojos y se devanó los sesos, frase que aquí significa «intentó pensar en otras ocasiones en que se hubiese utilizado la palabra de mando». El Capataz Flacutono debió de usarla cuando Klaus causó el primer accidente, el que le rompió la pierna a Phil. «*Tú*, enano afortunado», recordó Violet que había dicho el capataz, «estarás al mando de esta máquina», y Klaus había dicho «Sí, señor», con aquella voz débil e hipnotizada, la misma voz que había utilizado la noche anterior justo antes de ponerse a dormir.

—¡Egu! —gritó Sunny asustada, mientras el *hmmm* de la sierra se hacía más y más fuerte.

Klaus había empujado el tronco hacia la sierra, y Charles abrió todavía más los ojos cuando la sierra empezó a cortar la madera, acercándose más y más al punto donde Charles estaba atado.

Violet, al recordar el «sí, señor» de Klaus antes de que éste se fuese a dormir, se dio cuenta de que ella misma, por accidente, había utilizado la palabra de mando. Volvió a devanarse los sesos, luchando por recordar la conversación. Klaus había llamado a su hermana pequeña Susan, en lugar de Sunny, y había preguntado si realmente se sentiría mejor por la mañana. Pero ¿qué contestó Violet?

—Sigue empujando, enano afortunado —dijo el Capataz Flacutono.

Y de repente Violet lo supo.

*Afortunado.*

—*¡Afortunado!* —gritó la mayor de los Baudelaire, sin cuidar de ocultar la palabra en medio de una frase como había hecho el capataz—. ¡Klaus, empuja el tronco lejos del alcance de la sierra!

—Sí, señor —dijo Klaus con indiferencia.

Y las hermanas Baudelaire vieron aliviadas que empujaba el tronco lejos de la sierra, justo en el instante que los dedos de los pies de Charles estaban a punto de ser cortados. El Capataz Flacutono se giró rápidamente y miró a Violet con rabia. Ella supo que él sabía que ella sabía.

—*¡Afortunado!* —gruñó él—. ¡Klaus, vuelve a empujar el tronco hacia la sierra!

—Sí, señor —murmuró Klaus.

—*¡Afortunado!* —grito Violet—. ¡Aparta el tronco!

—Sí, señor —murmuró Klaus.

—*¡Afortunado!* —dijo el Capataz Flacutono en un tono muy brusco—. ¡Hacia la sierra!

–*¡Afortunado, apártalo!*

–*¡Afortunado, hacia la sierra!*

–*¡Afortunado, apártalo!*

–*¡Afortunado hacia la sierra!*

–*¡AFORTUNADO!* –gritó una nueva voz desde la puerta.

Y todos –Violet, Klaus, Sunny y el Capataz Flacutono– se dieron la vuelta. Incluso Charles hizo todo lo posible por ver a la doctora Orwell, que apareció en la puerta junto a Shirley, que se ocultaba detrás de la hipnotizadora.

–Sólo nos hemos acercado para asegurarnos de que todo iba bien –dijo la doctora Orwell, señalando la sierra con su bastón negro–. Y me alegro mucho de haberlo hecho. *¡Afortunado!* –le gritó a Klaus–. ¡No escuches a tus hermanas!

–Qué buena idea –le dijo el Capataz Flacutono a la doctora–. Nunca se me habría ocurrido.

–Por eso no eres más que un capataz –contestó la doctora Orwell en tono petulante–. *Afortunado*, ¡Klaus! ¡Empuja el tronco hacia la sierra!

—Sí, señor —dijo Klaus, y empezó a empujar una vez más el tronco.

—*Por favor*, ¡Klaus! —gritó Violet—. ¡No lo hagas!

—¡Gice! —gritó Sunny, lo que significaba: «¡No le hagas daño a Charles!».

—*Por favor*, ¡doctora Orwell! —gritóViolet—. ¡No obligue a mi hermano a hacer una cosa tan terrible!

—*Es* algo terrible, lo sé —dijo la doctora Orwell—. Pero también es algo terrible que la fortuna Baudelaire caiga en manos de tres mocosos como vosotros en lugar de ir a parar a las mías y las de Shirley. Vamos a repartirnos el dinero al cincuenta por ciento.

—Una vez cubiertos los gastos, Georgina —le recordó Shirley.

—Una vez cubiertos los gastos, claro —dijo la doctora Orwell.

El *hmmm* de la sierra empezó a sonar más y más fuerte cuando empezó a cortar de nuevo el tronco. Los ojos de Charles se llenaron de lágrimas que empezaron a correr por la cuerda que le mantenía atado al tronco. Violet miró a su hermano, después a la doctora Orwell, y dejó caer al suelo el pesado libro en señal de frustración. Lo que ahora necesitaba, y desesperadamente, era la palabra que deshipnotizaría a su hermano, pero no tenía ni idea de cuál podía ser. La palabra de mando había sido utilizada muchas veces y Violet había sido capaz de descubrir qué palabra había sido usada una y otra vez. Pero Klaus sólo había sido deshipnotizado una vez, después del accidente que le había roto la pierna a Phil. Ella y su hermana habían sabido, en el momento en el que él empezó a definir una palabra a los empleados, que Klaus volvía a su estado normal, pero, ¿quién sabía qué palabra hizo que aquella tarde dejase de seguir las órdenes del Capataz Flacutono? Violet pasó la mirada de las lágrimas de Charles a las que estaban apareciendo en los ojos de Sunny a medida que se acercaba más y más el fatal accidente. Parecía que en un momento iban a ver sufrir una muerte horrible a

Charles, e iban a acabar bajo el cuidado de Shirley. Después de escapar tantas veces por los pelos de la perfidia del Conde Olaf, parecía llegado el momento del terrible triunfo de éste; o, en este caso, de *ésta*. Violet pensó que de todas las situaciones en las que habían estado ella y sus hermanos ésta era la más miserablemente irregular. Era la más miserablemente inmoderada. Era la más miserablemente turbulenta. Era la más miserablemente excesiva. Y, al pensar en todas aquellas palabras, pensó en la que había deshipnotizado a Klaus, la que quizás iba a salvar sus vidas.

—*¡Desmesurado!* —gritó tan fuerte como pudo, para ser oída por encima del terrible ruido de la sierra—. *¡Desmesurado! ¡Desmesurado! ¡Desmesurado!*

Klaus parpadeó y miró a su alrededor como si alguien acabase de depositarlo en medio del aserradero.

—¿Dónde estoy? —preguntó.

—Oh Klaus —dijo Violet aliviada—. ¡Estás aquí con nosotras!

—¡Maldición! —dijo la doctora Orwell—. ¡Ha sido deshipnotizado! ¿Cómo diablos puede saber una niña una palabra tan complicada como «desmesurado»?

—Estos mocosos saben muchas palabras —dijo Shirley, con su ridícula voz aguda—. Son libroadictos. ¡Pero todavía podemos crear un accidente y obtener la fortuna!

—¡Oh no, no podéis! —gritó Klaus, y se echó hacia adelante para apartar a Charles.

—¡Oh, sí que podemos! —dijo el Capataz Flacutono, y volvió a alargar la pierna.

Quizá penséis que una trastada como esa no puede funcionar más de dos veces, pero en este caso estaréis equivocados. En este caso Klaus volvió a caer al suelo, golpeándose la cabeza contra el montón de descortezadores y cajitas verdes.

—¡Oh no, no podéis! —gritó Violet, y se adelantó para apartar ella misma a Charles.

—¡Oh, sí que podemos! —dijo Shirley con su ridícula voz aguda, y cogió a Violet del brazo.

El Capataz Flacutono la cogió rápidamente por el otro brazo, y la mayor de los Baudelaire quedó atrapada.

—¡Oh toonoy! —gritó Sunny, y gateó hacia Charles.

No era lo bastante fuerte para apartar el tronco de la sierra, pero pensó que podría morder las cuerdas y liberarlo.

—¡Oh, sí que podemos! —dijo la doctora Orwell, y se agachó para agarrar a la más pequeña de los Baudelaire.

Pero Sunny estaba preparada. Rápidamente abrió la boca y mordió la mano de la hipnotizadora con todas sus fuerzas.

—¡*Gack!* —gritó la doctora Orwell, usando una expresión que no es de ningún lenguaje concreto. Pero entonces sonrió y usó una expresión en francés—: ¡*En garde!*

«¡En garde!», como posiblemente sabréis, es una expresión que la gente utiliza cuando desea anunciar el inicio de un combate de esgrima. Con una perversa sonrisa, la doctora Orwell apretó la gema roja de la punta del bastón y una brillante hoja apareció en el extremo opuesto. En un segundo, su bastón se había convertido en una espada. Sunny sólo disponía de sus cuatro dientes afilados y, mirando a la doctora Orwell fijamente a los ojos, abrió la boca y apuntó sus dientes hacia aquella despreciable persona.

Un fuerte *¡clinc!* se produce cuando una espada golpea otra espada —o, en este caso, un diente—, y cada vez que lo oigo recuerdo una lucha que me vi forzado a mantener no hace mucho tiempo con un repartidor de televisores. Sunny, sin embargo, sólo pensaba que no quería ser despedazada. La doctora Orwell hizo oscilar su bastón-espada ante Sunny, y Sunny hizo oscilar sus dientes ante la doctora Orwell, y pronto los *¡clinc!* fueron casi tan fuertes como la máquina de serrar, que seguía serrando el tronco hacia Charles. *¡Clinc!* Arriba, arriba, la hoja se acercaba más y más hasta que estuvo a un pelo —la expresión «a un pelo» significa aquí «a muy, muy poca distancia»— de los pies de Charles.

—¡Klaus! —gritó Violet, luchando por liberarse de Shirley y del capataz Flacutono—. ¡Haz algo!

—¡Tu hermano no puede hacer nada! —dijo Shirley, con una enervante risita tonta en el rostro—. Acaba de ser deshipnotizado y está demasiado aturdido para hacer nada. Capataz Flacutono, ¡tiremos los dos! ¡Podemos hacer que se rompan los brazos de Violet!

Shirley tenía razón en lo de los doloridos brazos de Violet, pero estaba equivocada respecto a Klaus. Él *acababa* de ser deshipnotizado y *estaba* bastante aturdido, pero no demasiado aturdido como para no hacer algo. El problema era que simplemente no podía pensar qué hacer. Había sido lanzado a un rincón con los descortezadores y el chicle, y, si se movía hacia Charles o hacia Violet, se toparía de lleno con las espadas de Sunny y la doctora Orwell, y, al oír otro *¡clinc!* de la espada golpeando los dientes de Sunny, supo que sufriría heridas graves si intentaba cruzar por donde tenía lugar el duelo. Pero por encima de los *¡clincs!* oyó un ruido todavía más alto y violento, procedente de la máquina de serrar, y vio horrorizado que la sierra empezaba a cortar la suela de los zapatos de Charles. El socio de Sir intentaba alejar sus pies de la hoja, pero estaban atados muy fuerte, y pequeñas virutas de suela de zapato empezaron a desprenderse. En un instante la hoja acabaría con la suela del zapato de Charles y empezaría con los pies. Klaus necesitaba discurrir algo para detener la máquina y necesitaba discurrirlo ya.

Klaus se quedó mirando la hoja circular de la sierra y empezó a desanimarse. ¿Cómo diablos lo haría Violet? Klaus sentía un interés muy pequeño por las cosas mecánicas, y en el fondo era un lector, no un inventor. Simplemente no tenía la increíble habilidad para inventar que tenía Violet. Miró la máquina y sólo vio un aparato mortal, pero sabía que, si Violet estuviese en ese rincón de la habitación, y no sufriendo el dolor en los brazos que le ocasionaban Shirley y el Capataz Flacutono, encontraría una forma que les ayudase a salir de aquella situación. Klaus intentó imaginar cómo lograría su hermana inventar algo allí mismo, e intentó copiar sus métodos.

*¡Clinc!* Klaus miró a su alrededor en busca de materiales con los que inventar algo, pero sólo vio cortadores y cajitas verdes de chicle. Inmediatamente abrió una caja de chicle y engulló varios trozos, mascando ferozmente. Klaus mascó y mascó el chicle, con la esperanza de que su pegajosidad pudiese estropear los mecanismos de la máquina de serrar y detener así el mortal avance de su hoja.

*¡Clinc!* El tercer diente de Sunny golpeó la hoja de la espada de la doctora Orwell, y Klaus se sacó rápidamente el chicle de la boca y lo tiró a la máquina con todas sus fuerzas. Pero el chicle sólo cayó al suelo con un húmedo *¡plop!* Klaus comprendió que no pesaba lo suficiente para llegar hasta la máquina. Como ocurre con una pluma, o un trozo de papel, el chicle no podía ser lanzado lo bastante lejos.

*¡Hukkita-hukkita-hukkita!* La máquina empezó a emitir el ruido más fuerte y violento que

Klaus había oído en su vida. Charles cerró los ojos, y Klaus comprendió que la hoja debía de haber llegado a la planta de su pie. Se llenó la mano de chicle y se lo metió en la boca, pero no sabía si podría mascar suficiente chicle para lograr un invento lo suficientemente bueno. Incapaz de seguir mirando la sierra, bajó la mirada y, cuando sus ojos vieron uno de los descortezadores, supo que podría lograr algo mejor.

Cuando Klaus miró el material del aserradero, recordó un tiempo en que estaba incluso más aburrido que trabajando en el Aserradero de la Suerte. Aquel tiempo especialmente aburrido había tenido lugar hacía mucho, cuando los padres Baudelaire todavía estaban vivos. Klaus había leído un libro sobre diferentes clases de peces y les preguntó a sus padres si le llevarían a pescar. Su madre le advirtió que la pesca era una de las actividades más aburridas del mundo, pero encontró dos cañas de pescar en el sótano y accedió a llevarle a un lago cercano. Klaus había esperado ver los diferentes tipos de peces sobre los que había leído, pero, en vez de eso, él y su madre permanecieron sentados en un bote de remos en medio del lago, sin hacer nada en toda la tarde. Él y su madre tuvieron que mantenerse en silencio para no asustar a los peces, pero no había peces, ni conversación, y, ciertamente, nada de diversión. Quizás penséis que Klaus no debería querer recordar un momento tan aburrido, sobre todo en medio de una crisis, pero un detalle de aquella tarde tan aburrida resultó ser de mucha ayuda.

Mientras Sunny luchaba con la doctora Orwell, Violet luchaba con Shirley y el Capataz Flacutono, y el pobre Charles luchaba con la sierra, Klaus recordó la parte de la pesca llamada lanzamiento, el modo de usar la caña de pescar para lanzar el sedal lejos, en medio del lago. En el caso de Klaus y de su madre, no había funcionado, pero ahora Klaus no quería atrapar peces. Quería salvarle la vida a Charles.

Rápidamente el mediano de los Baudelaire cogió el descortezador y escupió el chicle en uno de los extremos. Tenía planeado usar el pegajoso chicle como si fuera una especie de sedal, y el descortezador a modo de caña para poder lanzar el chicle hasta la sierra. El invento de Klaus parecía más un taco de chicle en el extremo de una tira de metal que una verdadera caña de pescar, pero a Klaus le daba igual lo que pareciese. Sólo le importaba detener la sierra. Respiró hondo y lanzó el descortezador como su madre le había enseñado a lanzar la caña.

*¡Plop!* Para satisfacción de Klaus, el chicle pasó por encima de la doctora Orwell y de Sunny, como un sedal atravesaría un lago. Pero, para la desesperación de Klaus, el chicle no aterrizó en la sierra. Aterrizó en la cuerda que ataba al tembloroso Charles al tronco. Klaus vio cómo se movía Charles y una vez más recordó un pez, y se le ocurrió que quizás, a fin de cuentas, su invento sí había funcionado. Reuniendo todas sus fuerzas —y, después de haber trabajado un tiempo en el aserradero, tenía bastante fuerza para ser un niño—, agarró su invento y tiró de él. Klaus ti-

ró del descortezador, y el descortezador tiró del chicle, y el chicle tiró del tronco, y, para gran alivio de los tres Baudelaire, el tronco se hizo a un lado. No se movió demasiado, y no se movió demasiado aprisa, y ciertamente no se movió con demasiada gracia, pero se movió lo suficiente. El horrible ruido se detuvo, y la hoja de la sierra siguió troceando, pero el tronco estaba lo bastante apartado, y la máquina sólo troceaba el aire. Charles miró a Klaus y los ojos se le llenaron de lágrimas, y, cuando Sunny se dio la vuelta para mirar, vio que Klaus también estaba llorando.

Pero, cuando Sunny se dio la vuelta para mirar, la doctora Orwell tuvo su oportunidad. Con el movimiento de una de sus horribles botas, le dio una patada a Sunny y la aprisionó contra el suelo. De pie encima del bebé, levantó la espada en alto y empezó a reír estruendosamente y de forma horrible.

—Sí, creo que —dijo entre risas—, a fin de cuentas, ¡va a haber un accidente en el Aserradero de la Suerte!

Y la doctora Orwell tenía razón. *Hubo* un accidente en el aserradero, a fin de cuentas, un fatal accidente, que es una frase para describir un accidente en el que alguien muere. Porque justo cuando la doctora Orwell estaba a punto de dejar caer su espada sobre la garganta de la pequeña Sunny, la puerta del aserradero se abrió y entró Sir.

—¿Qué diablos ocurre aquí? —dijo con voz brusca.

Y la doctora Orwell se giró hacia él totalmente sorprendida. Cuando las personas se ven totalmente sorprendidas dan a veces un paso hacia atrás, y dar un paso hacia atrás puede causar a veces un accidente. Ese fue el caso en aquel instante, porque, cuando la doctora Orwell dio un paso hacia atrás, se cruzó en el camino de la sierra, y hubo un accidente muy fatal.

–Terrible, terrible, terrible –dijo Sir, negando con la nube de humo que le cubría la cara–. Terrible, terrible, terrible.

—Estoy bastante de acuerdo –dijo el señor Poe, tosiendo en su pañuelo–. Cuando me llamó esta mañana y me explicó la situación, me pareció tan terrible que cancelé varias citas importantes y tomé el primer tren hacia Miserville para poder ocuparme de este asunto personalmente.

—Se lo agradecemos mucho –dijo Charles.

—Terrible, terrible, terrible —volvió a decir Sir.

Los huérfanos Baudelaire estaban sentados juntos en el suelo del despacho de Sir y, observando a los adultos discutir la situación, se preguntaban cómo era posible que pudiesen hablar de ello con tanta calma. La palabra «terrible», aunque fuese utilizada tres veces seguidas, no parecía una palabra lo bastante terrible para describir lo ocurrido. Violet todavía temblaba al recordar el aspecto que tenía Klaus hipnotizado. Klaus todavía se estremecía al recordar cómo Charles casi acaba a pedacitos. Sunny todavía se estremecía al recordar que casi había muerto en la lucha de espadas con la doctora Orwell. Y, claro está, los tres huérfanos aún sentían escalofríos al recordar cómo la doctora Orwell había encontrado su muerte, una frase que aquí significa «se había cruzado en el camino de la máquina de serrar». Los niños casi no podían hablar, y mucho menos participar en la conversación.

—Es increíble —dijo Sir— que la doctora Orwell fuese en realidad una hipnotizadora, y que hipnotizase a Klaus para hacerse con la fortuna de los Baudelaire. Afortunadamente Violet ha sabido deshipnotizar a su hermano, y éste ya no ha provocado más accidentes.

—Es increíble —dijo Charles— que el Capataz Flacutono me cogiera en plena noche y me atara a ese tronco para hacerse con la fortuna de los Baudelaire. Afortunadamente Klaus ha discurrido algo para apartar el tronco del camino de la sierra justo a tiempo, y sólo tengo un corte de nada en el pie.

—Es increíble —dijo el señor Poe tras una breve tosecilla— que Shirley fuese a adoptar a los niños para hacerse con la fortuna de los Baudelaire. Afortunadamente hemos descubierto su plan, y volverá a su trabajo de recepcionista.

Violet no pudo permanecer por más tiempo en silencio.

—¡Shirley no es una recepcionista! —gritó—. ¡Ni siquiera es Shirley! ¡Es el Conde Olaf!

—Bueno *esa* —dijo Sir— es la parte de la historia tan, tan increíble que no me la creo. ¡He conoci-

do a esa joven y no se parece en nada al Conde
Olaf! ¡Tiene una ceja en lugar de dos, eso es cierto, pero muchas personas maravillosas tienen esa
característica!

—Debe perdonar a los niños —dijo el señor
Poe—. Ven al Conde Olaf por todas partes.

—Porque *está* por todas partes —dijo Klaus con
amargura.

—Bueno —dijo Sir—, aquí en Miserville no ha
estado. Le hemos estado buscando, ¿recordáis?

—¡Weleef! —gritó Sunny. Quería decir: «¡Pero
estaba disfrazado, como de costumbre!».

—¿Podemos ir a ver a la tal Shirley? —preguntó
Charles tímidamente—. Los niños parecen bastante seguros de sí mismos. Quizás si el señor
Poe viese a la recepcionista, podríamos solucionar este asunto.

—He dejado a Shirley y al Capataz Flacutono
en la biblioteca y le he pedido a Phil que no les
pierda de vista —dijo Sir—. Finalmente la biblioteca de Charles ha resultado útil. ¡Como cárcel,
hasta que resolvamos la cuestión!

—Sir, la biblioteca ha sido de mucha utilidad —dijo Violet—. Si yo no hubiese leído sobre hipnosis, su socio, Charles, estaría muerto.

—Está claro que eres muy lista —dijo Charles.

—Sí —asintió Sir—. Te irá genial en el internado.

—¿Internado? —preguntó el señor Poe.

—Claro —contestó Sir, asintiendo con su nube de humo—. No creerá que me los voy a quedar aquí después de todos los problemas que han causado en el aserradero, ¿verdad?

—¡Pero no ha sido culpa nuestra! —gritó Klaus.

—Eso no importa —dijo Sir—. Hicimos un trato. El trato era que yo intentaría mantener al Conde Olaf alejado y que vosotros no causaríais ningún accidente más. No habéis cumpido vuestra parte del trato.

—¡Hech! —gritó Sunny, que significaba: «¡Tú tampoco has cumplido tu parte del trato».

Sir no prestó atención.

—Bueno, vayamos a ver a esa mujer —dijo el señor Poe—, y así podremos dar por zanjado el tema de si está o no aquí el Conde Olaf.

Los tres adultos asintieron, y los tres niños les siguieron por el pasillo hacia la puerta de la biblioteca, donde Phil estaba sentado en una silla con un libro en las manos.

–Hola, Phil –dijo Violet–. ¿Qué tal la pierna?

–Oh, está mejorando –dijo Phil, señalando el yeso–. He estado vigilando la puerta, Sir, y ni Shirley ni el Capataz Flacutono han escapado. Ah, por cierto, he estado leyendo este libro: *La constitución de Miserville*. No entiendo todas las palabras, pero parece que es ilegal pagar a la gente sólo con cupones.

–Hablaremos más tarde –se apresuró a decir Sir–. Necesitamos ver a Shirley para cierto asunto.

Sir se adelantó y abrió la puerta, para descubrir a Shirley y al Capataz Flacutono tranquilamente sentados ante dos mesas junto a la ventana. Shirley tenía el libro de la doctora Orwell en una mano y con la otra saludó a los niños.

–¡Hola, niños! –dijo con su fingida voz aguda–. ¡Estaba tan preocupada por vosotros!

–¡Y yo también! –dijo el Capataz Flacutono–.

¡Gracias a Dios que ya estoy deshipnotizado, porque así ya no volveré a trataros mal!

—¿Así que *tú* también estabas hipnotizado? —preguntó Sir.

—¡Claro que lo estábamos! —gritó Shirley. Se agachó y acarició las cabezas de los tres niños—. ¡De no ser así nunca habríamos actuado de una forma tan terrible, no con tres niños maravillosos y delicados!

Tras sus falsas pestañas, los brillantes ojos de Shirley observaban a los Baudelaire, como si se los fuese a comer a la menor oportunidad.

—¿Ve? —le dijo Sir al señor Poe—. No es extraño que el Capataz Flacutono y Shirley actuasen de una forma tan horrible. ¡Claro que ella no es el Conde Olaf!

—¿Conde qué? —preguntó el Capataz Flacutono—. Nunca he oído hablar de ese hombre.

—Yo tampoco —dijo Shirley—, pero sólo soy una recepcionista.

—Quizás no seas sólo una recepcionista —dijo Sir—. Quizás también seas una madre. ¿Qué le parece, señor Poe? Shirley quiere de verdad criar a estos niños y a mí me causan demasiados problemas.

—¡No! —gritó Klaus—. ¡Ella es el Conde Olaf, no Shirley!

El señor Poe tosió con fuerza en su pañuelo blanco, y los tres Baudelaire esperaron tensos a que terminara y dijese algo. Finalmente se apartó el pañuelo de la cara y le dijo a Shirley:

—Siento decirle esto, señora, pero los niños están convencidos de que usted es un hombre llamado Conde Olaf disfrazado de recepcionista.

—Si quiere —dijo Shirley—, puedo llevarle al despacho de la doctora Orwell, el despacho de la *difunta* doctora Orwell, y enseñarle mi placa. Pone claramente «Shirley».

—Me temo que eso no sería suficiente —dijo el señor Poe—. ¿Tendría la gentileza de enseñarnos su tobillo izquierdo?

—No es de buena educación mirar las piernas de una dama —dijo Shirley—. Usted ya lo sabe.

—Si su tobillo izquierdo no tiene el tatuaje de

un ojo –dijo el señor Poe–, está claro que no es el Conde Olaf.

Los ojos de Shirley brillaron con mucha, mucha intensidad, y les dedicó a todos los presentes en la habitación una gran sonrisa.

–¿Y si lo *tiene*? –preguntó, y levantó su falda–. ¿Qué pasa si *tiene* el tatuaje de un ojo?

Las miradas de todos se centraron en el tobillo de Shirley, y un ojo les devolvió la mirada. Se parecía al edificio en forma de ojo de la doctora Orwell, edificio que los huérfanos Baudelaire sentían había estado observándoles desde su llegada a Miserville. Se parecía al ojo de la cubierta del libro de la doctora Orwell, libro que los huérfanos Baudelaire sentían había estado observándoles desde que empezaron a trabajar en el Aserradero de la Suerte. Y, claro, era exactamente igual que el tatuaje del Conde Olaf, porque eso era, un tatuaje que los huérfanos Baudelaire sentían había estado observándoles desde la muerte de sus padres.

–En tal caso –dijo el señor Poe tras una pausa–, tú no eres Shirley. Eres el Conde Olaf y estás arrestado. ¡Te ordeno que te quites ese ridículo disfraz!

–¿Yo también me quito mi ridículo disfraz? –preguntó el Capataz Flacutono, y se quitó la peluca blanca con un suave movimiento.

A los niños no les sorprendió que fuese calvo –desde el instante en que le conocieron supieron que aquella ridícula cabellera era una peluca–, pero había algo acerca de la forma de su cabeza calva que de repente pareció familiar. Contemplando a los huérfanos con sus ojos pequeños y brillantes, cogió la mascarilla quirúrgica que llevaba en el rostro y también se la quitó. Una larga nariz que había estado presionada hacia abajo contra su rostro se desenrolló, y los hermanos vieron al instante que era uno de los ayudantes del Conde Olaf.

–¡Es el calvo! –gritó Violet.

–¡Con la nariz larga! –gritó Klaus.

–¡Plemo! –gritó Sunny, lo que significaba: «¡Que trabaja para el conde Olaf!».

—Supongo que estamos de suerte al capturar a *dos* criminales —dijo el señor Poe con dureza.

—Bueno, *tres*, si incluyes a la doctora Orwell —dijo el Conde Olaf (y qué descanso llamarle así en lugar de Shirley).

—Ya basta de tonterías —dijo el señor Poe—. Tú, Conde Olaf, quedas arrestado por varios asesinatos e intentos de asesinato, varios fraudes e intentos de fraude, y varios actos despreciables e intentos de actos despreciables, y *tú*, mi calvo y narigudo amigo, quedas arrestado por ayudarle.

El Conde Olaf se encogió de hombros y sonrió a los Baudelaire de una forma que ellos reconocieron. Era una sonrisa concreta que el Conde Olaf esbozaba cuando parecía estar atrapado. Era una sonrisa que hacía que pareciese que el Conde Olaf estaba explicando un chiste, y era una sonrisa acompañada por el brillo intenso de sus ojos y el furioso trabajo de su mente.

—Este libro ciertamente os ha servido de gran ayuda, huérfanos —dijo el Conde Olaf, mientras sostenía el volumen de *Ciencia ocular avanzada* en el aire—, y ahora me va a ayudar a mí.

Con todas sus fuerzas, el malvado Conde Olaf se dio la vuelta y lanzó el pesado libro contra una de las ventanas de la biblioteca. Con un *crash* de cristales rotos, la ventana se hizo añicos, dejando un agujero de dimensiones considerables. El agujero era justo lo bastante grande para que una persona saltase por él, y eso fue exactamente lo que hizo el hombre calvo, arrugando la nariz al mirar a los niños como si éstos oliesen mal. El Conde Olaf rió de forma horrible y grosera, y siguió a su camarada por la ventana, alejándose de Miserville.

—¡Volveré a por vosotros, huérfanos! —gritó—. ¡Volveré a por vuestras vidas!

—¡Egad! ¡Egad! —dijo el señor Poe, usando una expresión que aquí significa «¡Oh no! ¡Se escapa!»

Sir se dirigió rápidamente a la ventana y se asomó para ver al Conde Olaf y al hombre calvo corriendo con toda la rapidez que sus delgadas piernas les permitían.

—¡No volváis por aquí! —les gritó Sir—. ¡Los huérfanos no estarán aquí, o sea que no volváis!

—¿Qué quiere decir que los huérfanos no estarán aquí? —preguntó el señor Poe con dureza—. ¡Usted hizo un trato y no lo cumplió! ¡Después de todo, el Conde Olaf estaba aquí!

—Eso no importa —dijo Sir, moviendo la mano como quitando importancia a la cuestión—. ¡Dondequiera que estos Baudelaire vayan les sigue el infortunio, y yo ya no quiero más de eso!

—¡Pero, Sir —dijo Charles—, son unos niños tan buenos!

—No voy a discutirlo más —dijo Sir—. En mi placa pone «El Jefe», y eso es lo que soy. El jefe tiene la última palabra y la última palabra es la siguiente: ¡Estos niños ya no son bienvenidos en el Aserradero de la Suerte!

Violet, Klaus y Sunny se miraron. «Estos niños ya no son bienvenidos en el Aserradero de la Suerte» no es, claro está, la última palabra, porque son muchas palabras, y ellos sabían, claro, que cuando Sir dijo «la última palabra» no se re-

fería a sólo una palabra, sino al balance final de
la cuestión. Pero su experiencia en el aserradero
había sido tan terrible que no les importaba mucho irse de Miserville. Incluso un internado parecía mejor que los días pasados con el Capataz
Flacutono, la doctora Orwell y la malvada Shirley. Siento deciros que los huérfanos estaban
equivocados en lo referente a que el internado
parecía mejor, pero de momento no sabían nada
de los problemas que les esperaban, sólo de los
problemas que habían pasado y de los problemas
que habían escapado por la ventana.

—¿Podemos discutir este asunto más tarde
—preguntó Violet— y ahora llamar a la policía?
Quizás puedan atrapar al Conde Olaf.

—Excelente idea, Violet —dijo el señor Poe,
aunque evidentemente debería haber tenido él
mismo aquella idea antes—. Sir, por favor, indí-
queme el teléfono para que podamos llamar a las
autoridades.

—Oh, de acuerdo —dijo Sir de mala gana—. Pero recordad que esa es mi última, última palabra.

Charles, prepárame un batido. Tengo mucha sed.

–Sí, Sir –dijo Charles, y se fue tras su compañero y el señor Poe, que ya estaban fuera de la biblioteca. Sin embargo, al cruzar la puerta se detuvo y sonrió a los Baudelaire a modo de excusa.

–Lo siento –les dijo–. Siento no volver a veros. Pero supongo que Sir sabe lo que es mejor.

–Nosotros también lo sentimos, Charles –dijo Klaus–. Y siento haberte causado tantos problemas.

–No ha sido culpa tuya –dijo Charles amablemente, y Phil apareció cojeando.

–¿Qué ha pasado? –preguntó Phil–. He oído un ruido de cristales rotos.

–El Conde Olaf se ha escapado –dijo Violet, y el alma se le cayó a los pies al darse cuenta de que era cierto–. Shirley era realmente el Conde Olaf disfrazado y se ha escapado, como siempre.

–Bueno, si miráis el lado positivo, sois realmente bastante afortunados –dijo Phil.

Y los huérfanos miraron a su optimista amigo con aire curioso y se miraron curiosos los unos a los otros. Una vez habían sido niños felices, tan contentos y satisfechos con sus vidas que ni siquiera habían sabido lo felices que eran. Un día llegó el terrible incendio, y parecía que desde entonces sus vidas casi no habían tenido un solo instante positivo, para no hablar de un lado completamente positivo. Viajaban de casa en casa, encontrando miseria y desdicha allí donde iban, y ahora el hombre que había causado tal desdicha había vuelto a escapar. Ciertamente no se sentían muy afortunados.

—¿A qué te refieres? —preguntó Klaus.

—Bueno, dejadme pensar —dijo Phil, y pensó un momento. A lo lejos los huérfanos podían oír las voces apagadas del señor Poe describiendo al Conde Olaf a alguien por teléfono—. Estáis vivos —acabó diciendo Phil—. Eso es una suerte. Y estoy seguro de que podemos pensar más cosas positivas.

Los tres Baudelaire se miraron, y después miraron a Charles y a Phil, las únicas personas de Miserville que habían sido amables con ellos. A pesar de que no iban a echar de menos el dormitorio, los terribles cazos, o la extenuante faena del aserradero, los huérfanos iban a echar de menos a aquellas dos buenas personas. Y, mientras los hermanos pensaban a quién iban a echar de menos, pensaron cuánto se habrían echado de menos si les hubiese ocurrido algo todavía peor. ¿Y si Sunny hubiese perdido la lucha de espadas? ¿Y si Klaus hubiese quedado hipnotizado para siempre? ¿Y si Violet se hubiese cruzado en el camino de la sierra y no la doctora Orwell? Los Baudelaire miraron la luz del sol atravesar la ventana rota por donde había escapado el Conde Olaf y temblaron al pensar que podría haber ocurrido algo así. Nunca antes estar vivos les había parecido una suerte, pero, al considerar la terrible época que habían pasado bajo el cuidado de Sir, les sorprendió la cantidad de cosas afortunadas que de hecho les habían sucedido.

—*Ha sido* una suerte —admitió Violet en voz baja— que Klaus idease algo tan deprisa, a pesar de no ser un inventor.

—*Ha sido* una suerte —admitió Klaus en voz baja— que Violet resolviese cómo acabar con mi hipnosis, a pesar de no ser una investigadora.

—Croif —admitió Sunny en voz baja, lo que significaba algo así como: «*Ha sido* una suerte que pudiese defenderme de la espada de la doctora Orwell, si no os importa que lo diga».

Los niños suspiraron y esbozaron unas ligeras y esperanzadas sonrisas. El Conde Olaf estaba en libertad y volvería a intentar arrebatarles la fortuna, pero esta vez no lo había conseguido. Seguían vivos y, estando juntos frente a la ventana rota, parecía que la última palabra para describir su situación podía ser «afortunada», la palabra que les había causado tantos problemas desde un buen principio. Los huérfanos Baudelaire estaban vivos y parecía que, después de todo, quizás tenían una desmesurada cantidad de suerte.

**LEMONY SNICKET** nació cerca del mar, y actualmente vive siempre entre dos aguas. Para su horror y consternación, no tiene esposa ni hijos. Sólo cuenta con enemigos, asociados y, ocasionalmente, con algún criado leal. Su procesamiento ha sido propuesto, lo que le permite seguir investigando y escribiendo con toda libertad las trágicas historias de los huérfanos Baudelaire para Editorial Lumen.

**BRETT HELQUIST** nació en Gonado, Arizona; creció en Orem, Utah, y actualmente vive en la ciudad de Nueva York. Obtuvo una licenciatura en Filosofía y Letras en la Brigham Young University y ha trabajado desde entonces como ilustrador. Sus trabajos han aparecido en numerosas publicaciones, entre las que se cuentan la revista *Cricket* y *The New York Times*.

A mi querido editor:

Por favor disculpe los bordes rotos de esta carta. Le estoy escribiendo desde el interior de la choza donde los huérfanos Baudelaire se vieron obligados a vivir en el Internado Prufrock, y me temo que algunos de los cangrejos intentaron arrebatarme el papel de escribir.

El domingo por la noche, compre por favor una entrada para el asiento 10-J de la representación por la Compañía de Ópera Errática de Faute de Mieux. Durante el quinto acto, utilice un cuchillo afilado para abrir el cojín de su asiento. Allí encontrará mi descripción del miserable medio semestre que los niños vivieron en el internado, llamado LA AUSTERA ACADEMIA, así como una bandeja del comedor, algunas de las grapas hechas a mano por los Baudelaire y la joya (sin valor) del turbante del entrenador Genghis. También el negativo de una fotografía de los dos trillizos de Quagmire, que el señor Helquist puede revelar para ayudarse en sus ilustraciones.

Recuérdelo, usted es mi última esperanza de que las historias de los huérfanos Baudelaire puedan ser contadas al público.

Con todos mis respetos,

*Lemony Snicket*

Lemony Snicket